Tucholsky Wagner Zola Scott Sydow Freud Schlegel
Turgenev Wallace Fonatne Friedrich II. von Preußen
Twain Walther von der Vogelweide Fouqué
Weber Freiligrath Frey
Kant Ernst
Fechner Weiße Rose von Fallersleben Richthofen Frommel
Fichte Hölderlin
Engels Fielding Eichendorff Tacitus Dumas
Fehrs Faber Flaubert Eliasberg
Maximilian I. von Habsburg Fock Zweig Ebner Eschenbach
Feuerbach Eliot Vergil
Ewald
Goethe Elisabeth von Österreich London
Mendelssohn Balzac Shakespeare Dostojewski Ganghofer
Lichtenberg Rathenau Doyle Gjellerup
Trackl Stevenson Hambruch
Mommsen Tolstoi Lenz Droste-Hülshoff
Thoma Hanrieder
Dach von Arnim Hägele Hauff Humboldt
Reuter Verne Rousseau Hagen Hauptmann Gautier
Karrillon Garschin
Damaschke Defoe Hebbel Baudelaire
Descartes Hegel Kussmaul Herder
Wolfram von Eschenbach Schopenhauer Rilke George
Darwin Dickens Grimm Jerome Bebel
Bronner Melville Proust
Campe Horváth Aristoteles Federer
Bismarck Vigny Barlach Voltaire Herodot
Gengenbach Heine
Storm Casanova Tersteegen Grillparzer Georgy
Chamberlain Lessing Gilm
Langbein Gryphius
Brentano Lafontaine
Strachwitz Claudius Schiller Kralik Iffland Sokrates
Katharina II. von Rußland Bellamy Schilling
Gerstäcker Raabe Gibbon Tschechow
Löns Hesse Hoffmann Gogol Wilde Vulpius
Luther Heym Hofmannsthal Gleim
Roth Klee Hölty Morgenstern Goedicke
Heyse Klopstock Kleist
Luxemburg Puschkin Homer Mörike
La Roche Horaz Musil
Machiavelli Kraft Kraus
Navarra Aurel Musset Kierkegaard
Nestroy Marie de France Lamprecht Kind Kirchhoff Hugo Moltke
Laotse Ipsen Liebknecht
Nietzsche Nansen Ringelnatz
Marx Lassalle Gorki Klett Leibniz
von Ossietzky May
vom Stein Lawrence Irving
Petalozzi Knigge
Platon Michelangelo Kafka
Pückler Kock
Sachs Poe Liebermann
de Sade Praetorius Mistral Zetkin Korolenko

Der Verlag tredition aus Hamburg veröffentlicht in der Reihe **TREDITION CLASSICS** Werke aus mehr als zwei Jahrtausenden. Diese waren zu einem Großteil vergriffen oder nur noch antiquarisch erhältlich.

Symbolfigur für **TREDITION CLASSICS** ist Johannes Gutenberg (1400 — 1468), der Erfinder des Buchdrucks mit Metalllettern und der Druckerpresse.

Mit der Buchreihe **TREDITION CLASSICS** verfolgt tredition das Ziel, tausende Klassiker der Weltliteratur verschiedener Sprachen wieder als gedruckte Bücher aufzulegen – und das weltweit!

Die Buchreihe dient zur Bewahrung der Literatur und Förderung der Kultur. Sie trägt so dazu bei, dass viele tausend Werke nicht in Vergessenheit geraten.

Aus dem Elend

Emerenz Meier

Impressum

Autor: Emerenz Meier
Umschlagkonzept: toepferschumann, Berlin

Verlag: tredition GmbH, Hamburg
ISBN: 978-3-8495-3142-3
Printed in Germany

Emerenz Meier

Aus dem Elend

1. Kapitel

Itta stammte aus dem Elend.

Wie sie von jenem schmutzigen böhmischen Grenzort, der seinen Namen in jeder Hinsicht rechtfertigt, zum Hof des Reutbauern im Dorfe Kaltwasser gekommen war, das hatte sich auf folgende Weise zugetragen.

Überall im Wäldlerland ist es Sitte, am Tage Allerseelen eine Unmenge kleiner Brötchen zu backen und sie an die in hellen Haufen aus Böhmen herüberkommenden und auch an die einheimischen armen Leute zu verschenken und dafür ebensoviele »Vergelts Gott für die armen Seelen« einzusammeln. Es ist ein schöner Brauch, der heute noch gerade so gut gehalten wird wie vor vierzig Jahren, als die Wälder noch dichter und darum die Bauern noch wohlhabender waren.

Die Reutbäuerin erfreute sich zu jener Zeit eines besonders guten Rufes hinsichtlich ihrer »Seelwecken«, die an Größe und Weiße ihresgleichen kaum fanden. Sie hatte daher auf zahlreichen Zuspruch zu rechnen und tat dies mit Freuden, obgleich es nicht gerade angenehm sein mag, den ganzen Tag überm Trog gebückt oder am heißen Backofen zu stehen.

»Man tut es ja für die armen Seelen. Und am Ende ist es doch leichter als das Laufen von Haus zu Haus, von Dorf zu Dorf, während der Böhmwind schier mit Messern schneidet und Regen mit Schnee untermischt durch die Kleider bis auf die Haut dringt.«

So dachte sie und lächelte mit hochrotem Gesicht ihrem Manne zu, der ihr emsiges Treiben sinnend beobachtete, während er an seinen Spänen schnitzte und hie und da einen Zug aus der Pfeife tat.

Die Knechte saßen auf dem Boden inmitten der Stube und verfertigten Besen aus Heidelsträuchern und Birkenreisern; zwei Mägde spannen silberschimmernden Flachs und eine ältliche Frau mit feinem blassen Gesicht und schlanker Gestalt war am Eichentisch mit Nähen beschäftigt. Sie sah dem Bauern ziemlich ähnlich, was den Schnitt der Züge, die Farbe der Haare und der Augen anbetraf, doch war ihr Ausdruck weicher, ihr Blick sanfter, als der des Bruders. Seit ihren Mann, den königlichen Grenzaufseher Hiller, in den böhmischen Bergen die Kugel eines Schleichhändlers getötet hatte, lebte sie wieder, wie einst, in ihrem Vaterhaus. Eigentlich bewohnte sie ein paar helle Stuben des Hintergebäudes, aber die meiste Zeit verbrachte sie in der Reutbauerischen Familie, sich durch ihre geschickte Hand jedermann nützlich machend. Obwohl sie selten lachte – sie hatte es bei dem größten Unglück ihres Lebens verlernt – lag doch eine stets gleichmäßige, ruhige Freundlichkeit in ihrem Wesen, die ihr die Liebe und das Zutrauen aller erwarb, die mit ihr in Berührung kamen. Der Bruder hatte sogar einen großen Respekt vor der seit ihrer Verheiratung etwas feiner und vornehmer gewordenen Schwester und achtete ihr Wort als entscheidend in den meisten Fragen. Dazu kam, daß er ihr Dank schuldete, denn als er vor zwei Jahren, durch Mißernten und andere Unglücksfälle heimgesucht, nahe daran gewesen war, vom Hof zu kommen, hatte sie ihm unbedenklich ihr beträchtliches Vermögen übergeben und ihn dadurch gerettet.

Neben Burgl, so hieß die freundliche Witwe, saß noch ein zwölf Jahre alter schwarzhaariger Knabe tief über ein Buch gebeugt, aus dem er mit leiernder, tiefklingender Stimme vorlas. Von Zeit zu Zeit unterbrach sie ihn berichtigend, denn er legte besonders längeren Sätzen einen oft unmöglichen Sinn unter und stolperte über manche Wörter wie ein Deutsch lernender Franzose. Wäre es eine andere Geschichte als die von Ali Baba und den vierzig Räubern gewesen, so würde Gottfried, der Sprößling der Reutbauerischen Eheleute, wohl kaum bis zur fünfzehnten Buchseite gekommen sein, wie das nun der Fall war. Daß er aber bei der sechzehnten plötzlich abbrach, geschah nicht aus Mangel an Interesse, sondern weil etwas anderes seine Aufmerksamkeit erregte.

Es war dies ein kaum fünf Jahre altes Mädchen mit blau gefrorenem Gesicht und ebensolchen Händen und Füßen, die nackt in Holzschuhen steckten, an die sich schwere Schneeklumpen geballt hatten. Die kleine, zierliche Gestalt bedeckten notdürftig alte Lumpen und ein schwerer, an ihrem Rücken festgebundener Brotsack beugte sie fast darnieder.

Schon seit geraumer Zeit stand das zerlumpte Persönchen an der Tür und blickte mit großen blauen Augen in der Stube umher, ohne die von den Anwesenden erwartete Bitte um einen Seelwecken auszusprechen.

»Was willst du, Kloane?« fragte die Bäuerin endlich.

»Wärma möcht i mi«, war die fast unverständliche Antwort.

»Na, so sitz dich zum Ofa hin, du armer Narr. Warum ziehst dich denn auch net besser an, wennst in d' Seelweckn gehst?«

»I hab halt sunst nix«, lallte die Kleine mit schwerer Zunge, indem sie eiligst der Aufforderung nachkam und sich an den heißen Kachelofen schmiegte.

»Wie hoaßt denn?« ging nach einer Weile das Fragen weiter.

»Itta.«

»Itta? des is ja a böhmischer Nam. Bist leicht a kloane Böhmin?«[1]

Itta schwieg und starrte auf ihre blauen Händchen nieder. Sie befürchtete offenbar, durch die Bejahung der Frage die ihr zugewandte Gunst zu verlieren, denn sie wußte trotz ihres kurzen Daseins schon aus Erfahrung, wie sehr man hier alles verachtete, was sich böhmisch nannte.

Gottfried war näher getreten und seine dunklen Augen blitzten sie neugierig an.

»Wo bist denn her, Dirndl?«

»Vom Elend.«

»Also a Böhmin, denn's Elend liegt ja schon enterhalb der Grenz«, sagte der Knabe in geringschätzigem Ton und zog sich zurück.

»Wer is denn bei dir?« fuhr die Bäuerin zu fragen fort.

»Neamd.«

»Ja, du wirst doch um Gottswilln net alloa so weit furtganga sein von dahoam! Warum is dei Mutter net mit dir?«

---

[1] Die Namen Itta, Kamilla, Adelheid sind bei den Grenzböhmen auffallend häufig, weshalb die Bäuerin unschwer Ittas Nationalität feststellen konnte.

»Weil s'ferd gestorbn is.«

»Und dei Vater?«

»I hab koan solchen.«

»Na ebban hast dennerst, bei dem du eßn und schlafen tust?«

»Ja, des is d'Elendmüllnerin. Sie hat aber nächst gsagt, sie kunnt mi nimmer derhaltn, i soll drum über d'Granitz in d'Seelweckn gehn.«

»O – gehts ihr leicht so schlecht, der Elendmüllnerin?«

»Na, ihr net, aber mir.«

»Des glaub i dir von Herzn gern, mei arms Kind. Du bist wirkli vom doppeltn Elend her.«

Bei diesen mitleidigen Worten fing Itta herzbrechend zu weinen an und beruhigte sich erst allmählich unter den Liebkosungen der Bäuerin, der die Tränen selbst in den Augen standen. Sie setzte ihr eine Schüssel mit Milch und Brot vor und näherte sich dann ihrem Mann.

»Sag, was wir jetzt mit dem Dirndl tuan«, flüsterte sie ihm zu. »Wir könnens doch net wieder in das schlecht Wetter außischicken.«

Der Bauer zuckte mißmutig die Achseln und machte sich an seiner Pfeife zu schaffen. Nach einer Pause stieß er ärgerlich hervor: »Um solche Kinner soll sich halt d'Gemeinde annehmen und sie derhaltn, statt daß man s'aufn Bettl ausschickt.«

»O mei liaber Himmel, d'Gemeinde!« rief sie.

»Was is denn's Elend für a Gemeinde? Der Burgamoasta hat zwo Goaß im Stall wenns ihm guat geht, und gehts ihm schlecht, so legt er sich selber eini auf d' Strah.«

Er nickte zornig.

»So ists mit die verdammten Grenzböhm. Auf d'Letzt kommens nachher zu uns außa und falln uns zur Last. Man kann ohnehin net acht Schritt mehr machen, ohne daß oam so a tschechisch Lumpengsicht begegnt.«

»Geh, sei net gar so harb, Alter«, beschwichtigte sie ihn. »Es is ja wahr, daß mans net leidn kann und daß sie veracht wern, aber Leut sands halt doch auch wie wir.«

Unbedacht hatte sie das Wort ausgesprochen, das ihn jedesmal in Harnisch brachte, denn ihm war das im Wald ebenso populäre wie ungerechte Sprichwort: »Ein Böhm und ein Stier sand wilde Tier«, mehr wie jedem andern der Ausdruck innersten Überzeugung.

»Leut wie wir?« fuhr er auf. »Scham dich, Alte, daß du so was nur sagn magst! Die Rass, die falsch, die hoamtückisch! Wenn a Böhm in a Haus ei'geht, zittert der Nagl an der Wand, hoaßts Sprichwort und sitzt sich oana auf an Ackerroa, so wachst neun Jahr koa Gras mehr drauf.«

Burgl war bisher anscheinend teilnahmslos geblieben. Nun aber legte sie hastig ihre Näherei zusammen und erhob sich.

»Kram deine schlechtn Sprichwörter an anders Mal aus, Sepp«, sagte sie in so zürnendem Ton, wie man ihn selten von ihr zu hören bekam. »Des Gschöpf dort, des so ängstli und bittend dreinschaut, hat dir wahrhafti noch koan Anlaß zum Aufdrahn gebn. Willst du's um Gottslohn net ghaltn, so hoaß's wieder weiter gehn, aber verbitter ihm des kloa Herz net lang, des ohnehin arm gnug is.«

Der Reutbauer blickte mehrere Sekunden lang verdutzt auf die Schwester, dann stieg langsam eine dunkle Röte in seine Wangen. Ihm war vorhin das fremde Kind für den Augenblick aus dem Gedächtnis gekommen und seine Worte hatten sich nur auf die von ihm wie von jedem Wäldler gehaßten Grenznachbarn im allgemeinen bezogen. Doch er fühlte sich durch diese Zurechtweisung in Gegenwart der Dienstboten beschämt und sich in seiner Würde als Haupt der Familie gekränkt. Heftiger Zorn erfaßte ihn; er richtete sich vor allem gegen die unschuldige Ursache des Streites.

»Um Gottslohn g'haltn!« rief er höhnisch. »Fallt mir net ein, daß i mir an Hund aufziag, der mi später in d' Füaß beißt. Oder bin i nimmer Herr in mein Haus? Aft derf des böhmisch Mensch dableibn und i hab nix mehr z'sagn.«

In der Nähe des Kachelofens stehend und heftig gestikulierend, stieß er unvermutet an eine Stange des darüber aufgebauten Dörrgerüstes und mit einem Krach fiel es nieder, Töpfe und Schalen mit sich nehmend und zertrümmernd.

Während die Weiber erschrocken herbeieilten, die Knechte sich murrend in eine Ecke drückten, rutschte das kleine Unglücksgeschöpf Itta von der Bank und schlüpfte leise weinend zur Tür hinaus.

Niemand sah dies als der Knabe, der den stürmischen Auftritt gleichmütig beobachtet hatte und sich nun ebenfalls entfernte.

Als Burgl ein paar Minuten später fand, daß die von ihr in Schutz Genommene entflohen war, sank sie erbleichend auf die Herdbank nieder. Doch schnell raffte sie sich wieder empor und lief hinaus auf die Dorfstraße, des eisigkalten Windes nicht achtend, der durch ihre leichte Kleidung fuhr und ihr den Schnee gleich scharfen Nadeln in das Gesicht trieb. Von Haus zu Haus suchte und fragte sie vergeblich, und als es dunkel wurde, kehrte sie erschöpft und betrübt nach ihrer Wohnung zurück.

»Na, kimmst endlich doch daher, Burgl!« tönte es ihr dort aus der Türe entgegen. »I beit schon an Ewigkeit auf dich mit dem Dirndl da, des zittert, wie dem Forstghilfn sei Dakkel.«

»Gottfried! Ist's wahr, hast du's g'fundn?« schrie sie fast weinend auf.

»I hab's net gsuacht, bin ihm nur nach, hab's beim Kragl packt und her gweist.«

»Und hast dir net gfürcht wegn dein Vatern?«

»Ah, der is morgn froh, daß wirs net ausgjagt habn. Sei Zorn kränkt'n ja doch bald, man muaß nur tuan, wia wenn man's net kenna tat. Und's Böhmerl muß ihn bittn um d'Hoamat, damit er schön ›ja‹ sagn kann.«

»Schau, der pfiffi Bua!« lächelte sie. »Aber gelt's Gott tausendmal, daß's da is. I hätt mir mei Lebtag an Vorwurf gmacht wegn dem Kind; denn was oam unser Herrgott ins Haus schickt, soll man net ausschaffen.«

Gottfried lief pfeifend davon und Burgl machte sich frohen Herzens daran, Licht und Wärme in die freundliche, bequem eingerichtete Stube zu bringen.

2. Kapitel

Sie hatten in einer kleinen, halbverfallenen Hütte außerhalb des Elends gewohnt.

Die Mutter holte im Sommer Gras und Laubspreu aus dem Staatswald für ihre einzige Ziege, ging in den Taglohn und kochte nie etwas anderes als Erdäpfel zur Milchsuppe. Sie war immer blaß und traurig, besonders, wenn ein Brief aus Amerika kam. Dann weinte sie tagelang und betete am Abend vor einem Christusbild: »Lieber Herr Jesus, verzeih ihm's, o verzeih ihm und laß's ihm's guat gehn!«

Wen sie damit meinte, wußte Itta nicht, die dies erzählte, während Burgl sie aus ihren Lumpen schälte.

»Hat sie dir nie was von dein'm Vatern gsagt?« forschte die Witwe.

»I – ja. Sie hat gsagt, i hab koan mehr. Er is gstorbn, eh i auf d' Welt kemma bin.«

»Dann muaßt alle Tag für ihn betn und für dei Muatta auch. Kannst du's Betn?«

Itta nickte vergnügt.

»Freili, den böhmischn Vaterunser kann i; den hat mir der Elendmüllnerbua glernt«.

»So bet ihn amal vor.«

Itta rutschte von dem Stuhl, auf welchen Burgl sie gesetzt hatte, legte beide Fäustchen aufeinander und begann, den »böhmischen Vaterunser« zu beten.

Aber was war das für ein sonderbares Gebet!

Eine Reihe gemeiner Witze mit böhmischen Worten gespickt, eine Verhöhnung alles Ehrbaren und Heiligen, die aus diesem unschuldigen Munde doppelt häßlich klang. Burgl verschloß ihn entsetzt mit der Hand und nahm eine strafende Miene an, vor der die Kleine erschrocken zurücktrat.

»Des is ja fürchterlich, is a Sünd, so zu betn!« rief sie. »Daß i dich so nimmer hör, oder du muaßt furt, muaßt wieder hin, wo du herkommen bist.«

Itta zitterte und blickte mit rührender Angst auf.

»I kann's halt net anders«, sagte sie weinerlich.

»I lern dir's schon noch. So viel seh i vorläufig ein, daß d' auswendig und inwendig vernachlässigt bist, du arms Kind. Z'erst aber wolln wir auswendig sauber wern, gelt?«

Es war keine leichte Arbeit, diese an sich zarte Haut von monatealtem Schmutz zu reinigen und das ungewöhnlich lange blonde Haar zu entwirren. Doch sie lohnte sich reichlich durch den hübschen Anblick, den das Kind nachher bot.

Burgl freute sich innig daran und verglich es im Stillen mit dem süßen, kleinen Engel auf einem über der Kommode hängenden Bild. Es hatte die gleichen lichtblonden Locken und vergißmeinnichtblauen Augen, und irgend etwas in dem schmalen, blassen Gesicht erinnerte sie sogar an ihren verstorbenen Gatten. Es hatte sie schon oft wehmütig gestimmt, daß sie kein Kind von ihm besaß und nun war es ihr, als hätte ihr Gott in diesem heimat- und elternlosen Wesen einen Ersatz geschickt. Mit plötzlich aufwallender Zärtlichkeit schlang sie ihre Arme um die zierliche, nackte Gestalt und drückte sie an sich.

»Von heut an ghörst mein, Itta«, sagte sie leise. »Kannst mi aber auch gern habn?«

»I – ja«, war die nachdrücklich gesprochene Antwort.

»Und du muaßt dir denka, i bin dei Muatter, gelt?«

»Ja. Du bist aber noch braver wie mei Muatter, die jetzt im Freithof draußt liegt.«

Burgl küßte sie und legte sie in das auf einer mächtigen Truhe hergerichtete Bett. Nachdem sie das Kreuzzeichen über die Kleine gemacht und ihr rasches Einschlummern überwacht hatte, begann sie eifrig in Kisten und Kasten zu kramen. Was sie fand, war ein Hemd, das sie einst als Kind getragen, ein buntes Jäckchen mit hohen Bauschärmeln und ein Rock, dem sie durch Einschlagen des Saumes die nötige Kürze verlieh.

Mit diesen Kleidern angetan, wurde Itta am nächsten Morgen in das Vorderhaus geführt, wo infolge des abendlichen Zwistes noch eine ziemlich gedrückte Stimmung herrschte.

Der Bauer ging rastlos in der Stube auf und ab und warf von Zeit zu Zeit einen unruhigen Blick durch das Fenster auf den Hof, den meterhoher Schnee überdeckte.

Er hatte in der Nacht den Sturm um das Haus wüten hören und es war ihm bange zu Mute geworden.

Wenn das fremde Kind das Nachbardorf nicht mehr erreicht hätte und auf freiem Feld geblieben – erfroren wäre? Bis zum Tod würde er keine ruhige Stunde mehr haben, immer würde ihm das furchtbare Wort: »Du hast es hinausgetrieben!« das vorhin der bekümmerten Bäuerin entfahren war, im Ohr wiederhallen.

Am liebsten wäre er jetzt noch auf die Suche gegangen, wenn sich nicht sein Stolz gegen eine solche Selbstdemütigung gesträubt hätte.

Die Dienstboten saßen bei der Morgensuppe und Gottfried arbeitete anscheinend an seiner Schulaufgabe, als Burgl mit ihrem Schützling eintrat.

»Guatn Morgn, Sepp«, sagte sie freundlich. »Was ist's, hast dir den Ärger ausgschlafn heut Nacht oder is dei Sinn noch immer so hart?«

Er starrte sie keines Wortes mächtig an, während die Bäuerin einen Ruf der höchsten Überraschung ausstieß.

»Na, i moan, koa stoaners Herz hast doch net im Leib und wenn's so war, der Anblick müaßt 's derwoacha«, fuhr Burgl fort, indem sie Itta, die in kindlicher Angst beide Hände an die Augen drückte, vor sich herschob.

»Schau her, was des für an Elend is: Koan Vater, koa Mutter, koa Hoamat. Und a Maul mehr, zudem so a kloans wie des, macht dich net arm, bringt dir vielmehr Glück und Segn ins Haus. – Geh her da, Itta, heb d' Handerl auf und bitt recht schön, daß d' bei mir bleibn derfst.«

Itta tat wie ihr geheißen und ihre blauen Augen strahlten in feuchtem Glanz aus dem purpurroten Gesicht.

Der Bauer wandte sich schnell ab.

»Mach koane solchen Gschichtn«, sagte er mit etwas rauhklingender Stimme. »I hätt ohnehin nix dagegn ghabt, wenn's gestern dabliebn war, aber ös Mordsweiberleut kunnts unsern Herrgottn aus der Schanier bringen.«

Ein allgemeines Aufatmen war in der Stube hörbar.

»Und was sagst denn du dazu, Gottfried, daß d' jetzt so a saubers Schwesterl kriagst?« fragte Burgl den Knaben, der ruhig in seinem Winkel sitzen geblieben war.

»Schwesterl?« fuhr er fast heftig auf. »Na, des net, – es is vom Elend – aber sunst ist's mir schon recht, wenn's dableibn kann. Es macht uns ja net ärmer.«

Damit wandte er sich wieder seinen Schulbüchern zu.

Erst als sich alle entfernt hatten und auch Burgl für kurze Zeit hinausgegangen war, näherte er sich der regungslos dastehenden Itta mit neugierigen Blicken.

»Hm, du bist ja ganz a hübschs Katzerl«, meinte er nach einer gründlichen Musterung. »Und außaputzt hat dich d' Burgl wie a Docka. Wennst nur koa Böhmin net warst, – es is wirkli schad.«

Daß sie stumm blieb und ihn nur mit ungemein ernsten Augen ansah, machte ihn etwas unsicher und nach einer Pause griff er in die Tasche und zog einen rotbackigen, appetitlich aussehenden Apfel hervor.

»Da beiß drein«, sagte er.

Sie trat zurück und schüttelte den Kopf.

»Ei magst denn koane Äpfel, du gspaßigs Ding?«

»I – ja.«

»Na, so nimm ihn halt.«

»Na – na.«

»Warum denn net?«

Nach langem Zögern stieß sie fast wild hervor:

»I bin net brav, iß'n du selber!«

Diese Worte sollten ihrem verletzten Stolz zum Ausdruck dienen, fanden aber kein Verständnis bei dem Knaben, der sich ärgerlich abwandte.

Er hatte sich schon vorgenommen, Itta gegenüber liebenswürdiger zu sein, ihr Spielzeug anzufertigen, sie auf den Schlitten zu setzen, wenn er mit dem Vater in den Wald fuhr: doch das war nun alles vorbei. Die Sprödigkeit, mit der sie ihn von sich gewiesen, verdroß ihn dermaßen, daß er beschloß, sich nie mehr um das böhmische Mädchen zu kümmern, es keines Blickes mehr zu würdigen. Das tat er in den nächsten Tagen wirklich und auch Itta ging dem dunkeläugigen, hochmütigen Jungen geflissentlich aus dem Weg.

Burgl hatte schon am ersten Abend mit Schrecken die geistige Verwahrlosung ihrer Kleinen erkannt und eifrig war sie bestrebt, ihr die ersten Begriffe von Religion beizubringen. Auch sonst lehrte sie Itta manches ihrem Alter angemessene, erzählte ihr biblische Begebenheiten und Märchen und hatte die Freude, wahrnehmen zu können, wie richtig sie alles auffaßte, wie empfänglich ihr Gemüt, wie treu ihr Gedächtnis war. Und rührend war der Eifer, mit dem sie sich im Hause nützlich zu machen und sich Zuneigung zu erwerben suchte. Der Bäuerin trug sie Holz und Späne an den Herd, dem Bauern stellte sie Stiefel und Schneereifen bereit, wenn er ausgehen wollte und auch den Dienstboten erwies sie nach bestem Können ähnliche kleine Gefälligkeiten, die ihr manche Liebkosung einbrachten. Als ob die kleine Kluge bereute, es mit einem der einflußreichsten Familienmitglieder verdorben zu haben, näherte sie sich endlich auch Gottfried in solcher Weise, fand aber, daß es vergeblich geworden war. Er wies sie mit fast gehässigen Blicken von sich und ließ sie seine Verachtung auch für ihr Kinderherz deutlich genug fühlen. Daß Burgl sich der Kleinen mit so großer Liebe annahm und in der Sorge für sie völlig aufging, stimmte den Knaben durchaus nicht freundlicher, weckte vielmehr ein bitteres Gefühl des Neides in ihm, das er aber unter trotziger Gleichgültigkeit verbarg.

Als die unter ihrem Leid fast zusammengebrochene Witwe vor fünf Jahren zum Reutbauernhof zurückgekehrt war, war er, der hübsche Bub, es gewesen, der ihr das erste Lächeln abgelockt, sie durch sein kindliches Geplauder aufgeheitert hatte. Er wurde dafür

von ihr verhätschelt, ihr Liebling genannt, bis – bis das böhmische
Kind kam und ihn aus seiner bevorzugten Stellung verdrängte. Wie
sonst er, so durfte jetzt Itta in der warmen Stube Burgls, in der es
besonders des Abends so traulich und gemütlich aussah, herum-
spielen, durfte das Ofenrohr nach gebratenen Äpfeln, die Schubla-
den nach Süßigkeiten durchsuchen und dann zu Füßen der Frau
wunderbaren Geschichten und Märchen lauschen. Freilich hätte ihn
niemand daran gehindert, an dem allen teilzunehmen, aber er ver-
schmähte es und hielt sich eifersüchtig grollend fern.

Nur manchmal, wenn er sich unbeobachtet wußte, schlich er
heimlich in das Hinterhaus, um an Burgls Tür zu horchen und
sehnsüchtig durch das Schlüsselloch zu gucken.

3. Kapitel

Die Glocke verkündete mit fröhlichem Klang den Anbruch des Tages und zu gleicher Zeit begann es allüberall, auf Feld und Flur und im Dorf, lebendig zu werden. Dort regte sich das Wild, sangen die Vögel, stimmten die Grillen ihre eintönige, durchdringende Melodie an, hier meldete das Vieh in den Ställen seinen Hunger, krähten die Hähne und öffneten sich knarrend Türen und Tore.

Der frische, würzige Waldwind strich säuselnd durch das Gezweig der Obstbäume vor den Häusern und wehte die dunkelroten, duftenden Nelken an den Fenstern hin und her.

Es war ein Morgen, wie jeder andere der schönen Sommerszeit und doch konnte ihm der mit dem Landleben Vertraute etwas Sonntägliches anmerken, wenn er das Treiben auf den Gehöften und die vergnügten, farbenfrischen Gesichter der geschäftig hin- und hereilenden Dienstboten betrachtete. Diese hatten sich heute früher als sonst zur Arbeit erhoben, denn der Weg zur Kirche war weit und der Gottesdienst durfte nicht versäumt werden.

Die Burschen auf dem Reutbauernhof pfiffen schon die Mundharmonika und der Großknecht Hans sang von der Altane über dem Pferdestall seine lustigen Schnadahüpfl. Als er dessen müde war, kehrte er sich um und trommelte mit kräftigen Fäusten an die halboffene Tür der Kammer, aus der er vor einer halben Stunde gekommen.

»Gottfried, auf! Willst leichtn Kirta verschlafa?« rief er hinein.

»Was? Is denn heut der Kirta?« klang es verwundert zurück.

»Geh, i glaub fast, du woaßt des net amal, du Muster von an Bauernsohn! Dann bist aber der oanzige auf drei Stundn in der Weit und der Reutbauer darf sich Glück wünschn zu seim Gottfriedln.«

»Na, er kann schon z'friedn sein«, sagte die Stimme wieder. »Wenn er's nur net wisset, Hans, wann i gestern hoamkemma bin!«

»Gestern? Du willst wahrscheinli sagn: heut früah um halbe drei. Aber tröst dich, der Alt woaß nix und moant allweil noch, daß du an Ausbund aller guatn Tugend bist.«

Eine Weile war es still in dem dunklen Raum. Dann aber ertönte ein Krachen und ein Gepolter, daß die Altane erbebte und Hans sich erschrocken an ihrem Geländer festhielt.

»He, renn doch d' Hüttn net z'samm, wennst aufstehst!« schrie er ärgerlich.

»Hab koa Angst, Großer. Und jetzt geh mir aus'm Weg, damit i schaun kann, wie hoch d' Sunn steht.«

Der hochgewachsene junge Bursche, der in Hemdsärmeln aus der Kammer trat, schob den Knecht beiseite und blinzelte unter der vorgehaltenen Hand über die Dächer.

»Da kannst noch a schöns Zeitl gucken, eh sie auf'n Dreisessel steigt, Gottfried. Hast denn's Taganläutn net ghört?«

»I? Im Schlaf?«

»Richtig, du hast gschlafn! Ja, so a Holzhandl mit an Judn und a Dutzend Maß Bier dazua, des macht halt an dumpern Kopf. Da ist's koa Wunder, wenn man am Tag darauf net woaß, daß der Kirta is.«

»Halts Maul, Hans, und gib mir liaber dei Pfeifa her. Mir is ganz gamlich z' Muat, vielleicht macht mi d' Musi a weng rescher.«

Der Knecht reichte ihm die Mundharmonika und begleitete dann die flott angestimmte Weise mit schelmischem Gesang:

> »Mei Vater, mei Muatter,
> Gehn uma ums Haus,
> Sagt oans zu dem andern:
> Mit dem Buam ist's aus.
>
> Mei Vater hat gsagt
> I soll lustiger sein,
> Hab i d' Sechser vertan,
> Reibt er Guldstückl ein.
>
> Trink i oa Maß Bier, zwoa Maß Bier,
> Sagt der Wirt glei zu mir:
> Bist noch a Schulabua,
> Hättst schon bal gnua.«

Hier setzte Gottfried die Harmonika ab und warf einen entrüsteten Blick zur Seite.

»Wennst mi ebba frettn willst, Hans, aft wirst bald drunt liegn auf der Gred.«

»Frettn? Dich? Ja, bist denn du noch a Schulbua, du, mit deine achtzehn Jahr?«

»Jednfalls fürcht i koan dreißigjähringa, bal's auf ebbs ankimmt; des mirk dir.«

Wie um seine Worte zu bekräftigen, faßte er den Spötter an den Schultern und rüttelte ihn derb. Hierauf schritt er pfeifend über die Stiege hinab, dem Wohnhaus zu.

»Der Bua wird ebbs«, sagte Hans und lachte still in sich hinein.

»Hast du die zwölf Tännling verkauft, Gottfried?« fragte der in den letzten Jahren ziemlich dick gewordene Reutbauer seinen Sohn, der ihn um einen halben Kopf überragte.

»Und zwar guat verkauft. Der Jud hat mir noch zwee Guldn über den laufenden Preis gebn müaßn.«

»Brav, brav! Und wann zahlt er dich?«

»Des is schon gschehn. Freilich, des Geld – i hab mir denkt, weil wirs für den Augnblick net gar notwendig brauchen, so kann i grad d'Glegnheit nutzn.«

»Was für a Glegnheit?«

»Na, wegn dem Holzkauf sand beim Wirt a Menge Leut z'sammkemma, darunter auch der Moar Toni, der Roßhändler. Bei dem han i vor acht Tagn an Schimmel gsehn, Vater, grad wia aus'm Oa gschloffa. – Er ghört jetzt unser.«

»Unser«, wiederholte der Alte nachdenklich. »Wia teuer?«

»Sechshundert Guldn. Des is er unter Brüdern wert«.

»Hat er an Fehler?«

»A bißl cholerisch soll er freilich sein. Aber des macht nix, i treib eahm d'Muckn schon aus.«

»O Saker, Saker!« rief der Alte, an seinem Hemdkragen zerrend.

»Was schiltst denn? I treib eahm d'Muckn schon aus, sag ich.«

»Ja, ja, des is halt so a Gschicht – wir hättn ja des Roß gar net nötig. Na, i laß dir schon a Selbständigkeit, aus dem Grund, weil i's net für guat halt, daß man sein Suh wia an Kschlavn behandlt. Er kriagt dann koa Schneid und taugt zu nix. Aber mach mir nur koane Dummheitn.«

»Was Dummheitn!« rief Gottfried und warf den Kopf in den Nacken. »Freilich kann man oft net fürs Unglück, aber i hab mein Verstand so guat wie jeder andere und woaß, daß i, wenn i schad, mir selber schad. Der Hof ghört ja doch oamal mein.«

»Du bist mei oanziger Bua«, nickte der Alte.

»Also. Und d'Leut solln net sagn, daß der jung Reutbauer a Dalk is.«

»War mir net recht.«

»Sie solln auch Respekt vor mir kriagn, Vata. I hab's schon heraußt, daß der Bua, der net lustig und frisch is, über d'Achsel angschaut wird.«

»Na, hast auch koan Ursach zur Kopfhängerei«, versetzte der Vater.

»Na. Aber die zwanz'g Guldn, die du mir znachst gebn hast, sand beim Kuckezer und heut is der Kirta.«

Der Alte fuhr zornig auf.

»War net übel, des! Zwanzg Guldn in vierzehn Tagn. Und vor drei Wocha han i sechzg dem Müllnerlenz zahln müaßn, weilst 'n halb tot prüglt hast. Dir dürft der Teixl 's Geld schlagn.«

»Ei, was war's denn, wennst mehr Buam hättst als oan! Dann gang halt noch mehr auf. Übrigns ist's a Glück, daß dich neamd a so hört. D'Leut kunntn moan, es stand verzweifelt schlecht um unsere Finanzn.«

»Des wird's auch, wennst so anwillst.«

»Es is ja net alle Tag Kirta. Und –« hier schüttelte Gottfried trotzig den dunkelhaarigen Kopf und näherte sich der Tür – »wennst mir nix gebn willst, ist's auch net aus. I bleib oafach dahoam und steck'n

Schnabl in d'Federn. Laß's aber dann nur neamdn wißn, daß der Reutbauer Gottfried deswegn net auf'n Kirta geht, weil er koa Geld hat. Sag, i hab mir'n Fuaß überdraht, wann dich wer fragt.«

Damit wollte er sich entfernen, aber der schwache Vater rief ihn zurück.

»Wieviel brauchst denn?«

»Des wirst schon verstehn.«

»Ja und du wirst es auch verstehn, daß der Reutbauerhof koa Zaubersackl is, in dem's Geld nimmer gar wird. Du hast vorhin gsagt, daß d', wennst schadst, dir selber schadst. Richt dich danach.«

Er legte eine ziemlich schwere Geldbörse auf den Tisch, die Gottfried mit einem eigenen Lächeln zu sich steckte.

Als sich die Tür hinter ihm geschlossen hatte, trat die Reutbäuerin mit kummervoller Miene aus der Nebenstube.

»Des sollst net tan habn, Alter«, jammerte sie.

»Was net tan? – Aha, des sagst du mir ins Gsicht und hinter mein Buckl steckst eahm auch d'Taschn voll an. Moanst, i woaß deine Schlich net?«

»Aber der Schimmel, der Schimmel! Es ist unerhört, – so a junger Bua! Du laßt eahm zuviel hingehn.«

Das hatte sich nun der Reutbauer selbst schon gesagt, aber seiner Ehehälfte gegenüber konnte er doch nicht gelten lassen, daß die von ihm erklügelte Erziehungsweise, dem Jungen in allem seine Freiheit zu lassen und seinen Stolz und Ehrgeiz wachzuhalten, durchaus nicht die Früchte trage, die er sich von ihr versprochen.

»Der Gottfried is a heller Kopf, Alte. Er versteht sich auf den Handel schon bereits besser als ich, und die Gschicht mit dem Holz und dem Schimmel gfreut mi mehr, als du glaubst. Er macht mir koa Schand, der Bua. Daß er viel Geld braucht, na ja, die junga Leut sand alle so und er wird sich d'Hörndl schon oamal abrenna. Besser sogar jetzt, als später.«

Die Reutbäuerin überwand als Mutter nicht ohne Mühe die Versuchung, dieser Ansicht beizustimmen. Sie sagte etwas kleinlaut:

»Wenn uns nur's Roß net amal durchgeht!«

»Dann wird eahm doch in Gotts Nam auch noch a Zaum anz'legn sein«, erwiderte der Bauer und rüstete sich gemächlich zur Kirchfahrt.

Gottfried war schon im Feiertagsstaat, als er das viersitzige Steyrerwägel vor das Tor schob und die Pferde anschirrte. Den Großknecht, der ihm dabei helfen wollte, wies er zurück, denn er hatte die Eigenheit, sich von niemandem, auch nicht von den Untergebenen, eine Dienstleistung gefallen zu lassen, solange es nur einigermaßen ohne sie ging. Die Ursache dieser Einstellung lag in seinem trotzigen Charakter, der es ihm zur Pein machte, irgendwem danken zu müssen. Ebenso war es ihm fast unmöglich, um etwas zu bitten, doch hatte er dafür eine besondere, liebenswürdige Art zu fordern, die er freilich nicht immer anwandte, wie dies die heutige Unterredung mit dem Vater bewies.

In einem Fenster des Hinterhauses zeigte sich das sanfte Antlitz Burgls, das seit jenem Allerseelentag vor sechs Jahren zwar ein wenig faltiger, aber auch heiterer geworden war.

»Seid's fertig, Gottfried?« rief sie ihm zu.

»Ja, sitzts nur auf, Burgl«, antwortete er und schwang sich leicht auf den Wagen.

Er hatte nicht lange auf die Mitfahrenden zu warten, denn in kurzem erschien der Reutbauer und nach ihm die schlichtgekleidete Burgl mit Itta.

Diese war jetzt ein ziemlich aufgeschossenes Mädchen; ihr Gesicht war fein und voll, die Augen groß und glänzend und das Haar hatte stark nachgedunkelt.

Man sagt, daß sich liebende Freunde mit der Zeit einander ähnlich werden, sowohl im Denken und Empfinden, als auch im Äußeren. So schien Itta den stillen, sanften Gesichtsausdruck von ihrer über alles geliebten Pflegemutter angenommen zu haben, denn daß er ihr nicht angeboren war, das verriet sich in Minuten der Erregung, in denen ihre Wangen dunkle Röte überflutete, die Lippen sich bebend kräuselten und die Augen in hellem Feuer erstrahlten.

Heute war sie ein recht anmutiges Kind in dem lichtblauen Sonntagskleid und dem schwarzen Kopftuch, dessen Zipfel ihr tief in den Rücken hinabwallten. In der Hand trug sie einige dunkle, volle Nelken: die Sorge um sie war es, die ihr den ängstlichen Ausruf entlockte, als Gottfried sie etwas rauh am Arm faßte und auf den Wagensitz zog.

»Du reißt mir ja die Nagerl ab, Gottfried«, sagte sie, als sie schon eine Weile saß.

»Das war aber a groß's Unglück«, spottete er.

»Ja freilich. Dann kunnt i dir koa mehr auf dein Huat stecka. Gib her, i putz dir'n auf.«

Sie nahm dem Widerstrebenden den grünen Hut vom Kopf und steckte zwei der Blumen daran.

»So«, sagte sie dann ernst, »dafür muaßt mir heut an Kirta kaufa.«

»Was denn für oan? Vielleicht a Docka?

Sie warf ihm einen fast wütenden Blick zu.

»Wennst dich net schamst, ja. So aber möcht i a Herz.«

»Guat, dann kriagst a Herz«, nickte er und trieb lachend die Pferde an.

Gottfried hegte noch immer eine leise Abneigung gegen das hergelaufene Kind. Doch hatte sich die frühere Feindseligkeit in eine Art mitleidiger Verachtung verwandelt und er behandelte Itta wie etwa eine niedliche Hauskatze, die man für einen Augenblick zum Spielen aufnimmt, wieder fortwirft, sie aber meistens übersieht oder ihr zudringliches Schmeicheln mit leichtem Stoß ablehnt. Wie schwer das Mädchen darunter litt, ahnte nur Burgl, deren von Liebe geschärfter Blick längst entdeckt hatte, daß sie nicht allein das Herz ihres Schützlings besaß, sondern zum größten Teil der wilde, rücksichtslose, hochmütige Bursche.

Ob der Grund davon in der Tatsache lag, daß ein echt weibliches Wesen meist nur seinen Gegensatz zu bewundern und zu verehren pflegt, oder ob hier vielleicht die langsam aufkeimende Liebe im Spiel war, darüber hatte die Witwe schon oft gegrübelt, diese letztere Frage aber immer mit nein beantwortet.

Itta war ja noch ein Kind.

Das Kind blickte mit sinnenden Augen über die blühenden Felder und Wiesen, die der Fahrweg durchschnitt. Burgl tat das gleiche, während Gottfried dem Vater von dem neuen Schimmel erzählte, den er abends heimbringen wollte.

Nach dem Gottesdienst in der schmucken, geräumigen Kirche des Pfarrdorfes fand sich die Reutbauersche Familie im Wirtshaus zusammen.

Es fiel Gottfried schwer, in der überfüllten Gaststube noch Platz für sich und die andern zu finden, doch seiner energischen Art gelang es endlich, die nötigen Stühle freizumachen. Er hatte es so eingerichtet, daß er dem in der Gemeinde hochangesehenen Greiningerbauern von Roßberg und seinen beiden Töchtern zunächst saß. Diese waren Zwillinge und sehr hübsche, aber hochmütig blickende Mädchen und mochten ungefähr sechzehn Jahre zählen. Sie trugen in Ketten und Ohrringen ein kleines Vermögen mit sich, waren aber sonst ziemlich schlicht gekleidet, wie alle Bauerntöchter, die noch wachsen.

Gottfried redete die eine der beiden ohne Umstände an, was seinem ihn beobachtenden Vater ein verschmitztes Lächeln und die an Burgl gerichtete Bemerkung abnötigte:

»Der Bua wird ebbs.«

»Gib mir deine Nagerl, Reutbauer«, rief die Greininger Resie keck herüber.

Itta horchte auf und blickte ängstlich nach Gottfried.

Dieser nahm wirklich den Hut vom Kopf, löste die Blumen aus dem Band und reichte sie lächelnd dem Mädchen.

»Da hast du s'«, sagte er. »Dafür bitt i mir aber aus, daß d' mir an anders Mal antwortst, wann i bei der Nacht zum Fenster kimm.«

Resie nickte, kicherte und flüsterte ihrer Schwester etwas ins Ohr. Der Greininger aber wandte sich an Gottfrieds Vater: »Jetzt schau amal her, Reutbauer, was des für a Frechheit is unter meine Augn! Na wart, weil i no woaß, wer des is, der alle Pfinsta bei der Nacht so fürchterli lärmt vor mein Haus! I werd eahm's vertreibn, dem Teufelsbuam!«

Lachend rieb er seinen Maßkrug an dem des Reutbauern und blinzelte ihm schelmisch zu.

»Er alloa ist's ja net!« platzte Resies Schwester heraus. »Unsere Dorfbuam und die anderen Kaltwasserer sand auch dabei«.

»Aber er macht den Radlführer«, erwiderte der Greininger, und »der Bua is ebbs!« setzte der Reutbauer stolz hinzu.

Als nach einiger Zeit eine böhmische Musikbande in der Stube erschien und ihre frischen Weisen anstimmte, erhob sich Burgl, um sich, wie sie vorgab, die Krambuden draußen auf dem Markt noch ein wenig anzusehen. In Wirklichkeit war es die immer lauter werdende Fröhlichkeit ringsum, die sie vertrieb, da sie bittere Empfindungen in ihrem leise forttrauernden Herzen weckte.

Itta folgte ihr, nachdem sie noch einen sprühenden Blick auf die Greininger Resie geworfen und zornig gemurmelt hatte:

»Es sind meine Nagerl!«

4. Kapitel

Gute und reine Seelen drücken allem, was sie umgibt, den Stempel ihrer Schönheit und ihres Friedens auf.

So lachte in Burgls Wohnung aus jedem Winkel jene stille Traulichkeit, die zum Herzen spricht und zum Weilen, Bleiben einlädt, die dem Unsteten das Wort »Heimat« verkörpert und seine Liebe für sie weckt.

In den Rahmen der hellen, blanken Stube mit ihren soliden Möbeln, dem freundlichen Wandschmuck, den blütenweißen Fenster und Bettvorhängen würde kein anderes Bild so wohl gepaßt haben, als das friedliche Antlitz Burgls.

Sie saß am Tisch über ein Buch geneigt, schien sich aber weniger mit dessen Inhalt, als mit dem schlanken, jungen Mädchen zu beschäftigen, das ihr zu Seite stand und gedankenvoll vor sich hinblickte.

Itta war sehr schön geworden. Jedermann gestand ihr dies zu und nicht nur diesen, sondern auch andere Vorzüge, besonders den, daß sie viel mehr Verstand und Bildung besaß, als die gewöhnlichen Bauerndirnen.

»Und sie hat trotz ihrer Herkunft gar nichts Böhmisches an sich«, lautete das allgemeine, viel in sich schließende Urteil.

Aber eine Böhmin war sie doch und das haftete als schwarzer, unverwischbarer Fleck an Ittas lichter, anmutiger Erscheinung.

»Wer sie wohl einmal nehmen wird?« hieß die nächstliegende Frage. »Ein Waldler kaum, wenn er auch keinen Mißgriff machen würde, denn das Mädchen ist brav und arbeitsam und Burgl sichert ihm gewiß eine ansehnliche Mitgift. Vielleicht kommt einmal ein Schullehrer oder sonst irgend ein Fremder, sie zu freien. Solche Leute stoßen sich nicht an ihrer Geburt und sie selbst hat zu einer Bäuerin ohnehin nicht das rechte Zeug.«

Wenn die Witwe dergleichen Redereien, die ihr oft genug zu Ohren kamen, im Innersten empörten und aufregten, so ließen sie Itta völlig gleichgültig. Sie lächelte und meinte, es sei ihr garnicht darum zu tun, eine gute Partie zu machen, sondern nur bei Burgl bleiben und alle ihre Wohltaten mit Liebe vergelten zu dürfen. Das »Später« überließ sie Gott und stützte sich außerdem auf die Tatsache, daß fleißige Hände ihren Besitzer überall ernähren.

»Na, ganz brauchst dich auch net drauf zu verlaßn«, sagte Burgl. »Was i dir gebn kann, ohne dem Bruder weh zu tun, des gib i dir und wenn i stirb, so is die Wohnung und alles drin dein Eigntum.«

Über diese Sache wurde übrigens selten zwischen beiden gesprochen, weil es Itta jedesmal verstimmte.

Heute aber, am Allerseelentag, den sie stets als ihren Geburtstag zu feiern pflegte, war es doch geschehen, daß Burgl wohl eine halbe Stunde lang Pläne in Bezug auf ihre Zukunft entwickelt und sich dabei sogar mit leisen Todesahnungen entschuldigt hatte.

Nun schwiegen beide schon seit geraumer Zeit und es war, als scheute sich die eine wie die andere, wieder von Gewöhnlichem zu beginnen.

Endlich legte Burgl mit einem tiefen Seufzer das Buch weg und sagte:

»Es is seltsam, daß grad dieser Tag immer die größtn Veränderungen in mein Lebn bringt. Heut vor zweiundzwanzig Jahrn han i den Grenzaufseher Hiller kenna glernt, oa Jahr darauf bin i sei Weib worn. Vier Jahr später am Seelwecktag habn s' ihn mir tot, derschoßn vor d'Füaß glegt und wieder nach fünfen bist du ins Haus kemma.«

»So is nachher heut der Sterbtag von dein Mann?« fragte Itta. »Des hast mir aber noch nia gsagt.«

»Ja, weil i dir dei Geburtstagsfreud net verderbn hab wolln. Aber i hab'n noch koan oanziges Mal vergeßn, han immer wieder dran denkt und des Schreckliche durchlebt. Auch heut is mir alle Reck als säh i den Heinrich tot vor mir liegn, grad so wia damals, und i moan, i kann mirs nimmer gnua jammern.«

Itta warf einen mitleidigen Blick auf die alte Frau, deren Antlitz jetzt wieder jenen gramvollen Ausdruck zeigte, den sie schon manchmal bemerkt und dann Wochen hindurch nicht vergessen hatte.

»So red net davon, wenn's dich hart ankimmt«, bat sie leise.

»O, net härter, als wenn ich's verdrucka tat!« wehrte Burgl hastig ab. Nach einer Pause fuhr sie in erzählendem Tone fort:

»Wir habn uns so gern ghabt. Er is a gscheider und belesner Mann gwesn und i an ungschickts Bauerndirndl, des vom Wald nur gwißt hat, daß er Geld wert is und von den Wiesen und Blumen, daß s' a guats Viehfutter gebn. Und da hat mi er in d' Schul gnumma, hat mir glernt, wia man sich gfreun kann an unserm Herrgott seiner Welt, hat mir d' Augn aufgmacht, die so blind für des Schöne gwesn sand, wia die von den meistn Bauernleutn.«

»So hat er dich, wie du mich unterricht«, versetzte Itta mit einem warmen Blick.

»Ja. I wollt mir an dir a Tochter aufziehn, die zu mir paßt, die mi da versteht, wo mi andere blöd anschaun. Du hast aber meine Wünsch und mei Hoffnung längst überflogn, bist hochgeistiger worn als i und es kimmt mi oft a Furcht an, du möchtst verdorbn sein für dein Stand, möchtst amal recht unglückli wern.«

Itta schüttelte den Kopf.

»Na, Gott geb's, daß dir d' Zufriednheit im Herzn bleibt. Doch laß dir's noch verzähln: Die erstn Jahr unsrer Eh war mir immer bang, so oft der Heinrich fortganga is. Damals habn es die Schwärzer noch viel ärger gtriebn als jetzt, und vor ihren Büchsen is kaum an alts Weib sicher gwesn, viel weniger a Grenzjäger. Nach und nach aber han i mi an sein Beruf gwöhnt und mir seltn mehr a Sorg gmacht. Um so entsetzlicher war's für mich, wia's ihn eines Morgens tot ins Haus bracht habn, ihn, der am Tag vorher noch vor mir gstandn is, so frisch und gsund, wia a Tanna im Holz.«

Burgl hielt hier schluchzend inne und drückte die Hände vor das Gesicht.

»Ist's denn net aufkemma, wer ihn derschoßn hat?« fragte Itta.

»Nein, – nimmer. Die Grenzer sand in der Nacht vor Allerseeln auf a Schwärzerbande gstoßn drobn im Dreisesselwald. Wohl zwoa Stund weit habn s' ihr nachgsetzt. Der Heinrich, alln voraus, draht sich vor an Dickerat auf oamal um und schreit zruck: »Kameradn, schnell, oan habn wir derwischt!« Er reißt drauf die Tännling auseinander, so daß der hell Mondschei auf an Mann fallt, der sich drin versteckt hält. »Ah, den kenn i ja sogar!« ruft er wieder: »Des is der –.« Weiter hat er nimmer redn kinna, denn plötzli hat a Schuß kracht und der Heinrich is lautlos umgsunka. Wie die andern dann dazua kemma sand, habn s' von den Schwärzern nix mehr gsehn und ghört. Und bis auf den heutinga Tag woaß's koa Mensch, wer der Mörder is.«

»Aber unser Herrgott woaß's, Muatta«, sagte Itta ergriffen, »und dem kimmt er gwiß net aus. Er muaß früher oder später büaßn, vielleicht schon auf derer Welt, wenn er überhaupt noch lebt.«

»Ja, ja, des muaß er, muaß er!« rief Burgl aufstehend und die Hände wie zum Schwur erhebend. »Koa Rast und koa Ruah soll er habn, koa Freud und koa Glück! – O Herrgott! I woaß's wohl, daß man verzeihn sollt und oft hab i sogar schon gmoant, i kann's. Aber auf oamal bricht's wieder los in mir und es is mir net migla.«

Sie weinte laut auf und Itta wunderte sich in diesem Augenblick weniger über die plötzliche Leidenschaftlichkeit der sonst so sanften, stillen Frau, als darüber, daß sie dies so lange sein konnte mit der nimmer vernarbenden Wunde im Herzen.

»I glaub, daß i's auch net kunnt«, sagte sie leise und suchte sich dabei Hillers Gestalt nach der Beschreibung Burgls zu vergegenwärtigen. Sie dachte sich ihn hochgewachsen, breitschultrig, mit schönem bräunlichen Gesicht und stolzen dunklen Augen.

»Es is ewig schad um ihn«, flüsterte sie noch einmal und dann war es lange still in dem dämmernden Raum.

»A Briaf, Burgl, vom Gottfried a Briaf! Grad vorhin hatn der Bot bracht. Gott sei Dank! Es is schon lang gnua seit dem letztn, fast a ganz's Jahr. Lesn, Itta, i siag nimmer so genau und der Mann auch nimmer. O Herr, was wohl drin steht!«

Die alte Reutbäuerin, die diese Worte in freudiger Hast hervorgesprudelt hatte, sank atemlos in einen Stuhl am Ofen und reichte Itta mit zitternder Hand das Schreiben.

»Ja, es is gar net recht von eahm, daß er so weng an seine Eltern denkt«, sagte Burgl.

»O mein, er denkt schon an uns. Aber er hat halt mit dem Briaf-schreibn koa Freud, wia ja alle junga Leut. Des nimm i eahm gar net übel.«

Nach dieser lebhaften Verteidigung ihres Gottfried sprang die glückliche Mutter wieder auf und stellte sich neben das Mädchen, das mit leicht bebender Stimme zu lesen begann:

»Liebe Eltern!

Es ist schon eine schöne Zeit verflossen, seit ich Euch das letzte Mal geschrieben habe. Na, es gab ja keine Neuigkeiten, denn das Leben in der Garnison bleibt immer das gleiche, und ohne Ursache sitze ich nicht gern so anderthalb Stunden über einem Brief. Eure Reklamation vor einem Jahr wurde jetzt erst berücksichtigt und in vierzehn Tagen bin ich von der verteufelten Soldatenhunzerei erlöst. Freilich, es ist mir eigentlich nicht schlecht gegangen, abgesehen von den we-gen Subordinationsvergehen gemachten Arrestwochen, aber wenn man auf gar nix mehr aufpassen darf und seine volle Freiheit hat, wenn man in den Wäldern und Bergen herum-streichen kann wie man will, dann ist's halt doch ganz was anderes. Also komm ich in vierzehn Tagen heim. – Das Geld, das Ihr mir letzthin geschickt habt, ist beim Teixel, laßt Euch weiters noch einige hübsche Gulden nicht gereuen, damit ich meine Dienstzeit flott ausfertigen kann. Dann aber habe ich im Sinn, etwas anders zum Zeug zu schauen, weshalb Ihr mir die Greininger Resie grüßen sollt. Einen Gruß auch an Burgl und an Euch von Eurem Sohn Gottfried«.

»Er kimmt! Hast ghört, Burgl, er kimmt!« rief die Reutbäuerin mit tränenden Augen. »O, was wird sich der Alt gfreun. O – und er muaß sofort'n Hof übernehma, muaß heiratn!«

Sie hopste schwerfällig durch die Stube und blieb wieder vor Itta stehen.

»Die Greininger Resie? Ja, ja, des wird die recht! Des is a frischs Dirndl und kriagt viel Geld, was a Hauptsach is, denn der Gottfried hat uns schon redlich ins Säckl griffa. I bin froh, wenn i mi amal um nix mehr rantn derf; denn wenn man schon so alt is, kimmt ein'm 's

Hausn hart an. Aber les mir den Brief nochamal vor, Itta, daß i dem Altn alles verzähln kann.«

Itta verschränkte die Arme über der Brust und blickte die Bäuerin fest, fast feindselig an. Ehe sie aber etwas erwidern konnte, hatte Burgl schon nach dem Brief gegriffen und erklärt, daß sie selbst es tun wolle.

»Wie schön er schreibt!« sagte die Alte wohlgefällig, als sie den Zettel zurückerhielt. »Und was i noch sagn wollt, Itta; du bist wahrscheinlich guat bekannt mit der Greininger Resie, kunnst ihr also am Sunda den Gruaß ausrichtn. Gelt, du tuast es?«

»I net«, antwortete das Mädchen mit eigentümlicher Schärfe.

Die Bäuerin machte ein verdutztes Gesicht.

»Net? Warum denn net?«

»Weil i net mag, Reutbäuerin.«

»So, du magst net! Dann laß's bleibn. Aber wahr ist's alleweil, daß du an eigne überspannte Dingin bist, mit der man nia ans rechte Ort kimmt. D' Burgl laßt dir halt z'viel hingehn, und wo koa Zucht is, is koan Ehr.«

Ittas Wangen färbte eine dunkle Röte, ihre Augen flammten zornig auf. Doch rasch bezwang sie sich und eilte schweigend aus der Stube.

»Da hast die Böhmin wieder«, wandte sich nun die Reutbäuerin entrüstet an Burgl. »Macht a ganze Wocha ihr scheinheiligs Gsicht und eh du dran denkst, beißt s' dich.«

»Es is auch net schön, daß ihr der Gottfried koan Gruaß net gschickt hat«, erwiderte Burgl, die nicht wußte, wie sie das Mädchen, dessen tiefstes Herzensgeheimnis sie plötzlich erraten hatte, verteidigen sollte.

»Ah, also deswegn! Na, i kann's dem Buam net verübeln, wenn's eahm net der Müah wert is, der Itta de Ehr anzutuan. Er is ihr's ja net schuldi. Und überhaupt braucht's dann auf mich koan Pikant net z'habn, des dumme Gsicht.«

Nun wurde es Burgl doch zuviel.

»Laß ihr und mir an Fried, Schwägerin«, sagte sie in ernstem Ton. »Und wirf mir nimmer vür, daß i des Dirndl net recht zogn hab, denn i kann's wohl verantwortn vor unserm Herrgott. Aber du, Schwägerin, du derfst dir keck zuaschaun. Wer woaß, wia euch's enka Gottfried no oamal lohnt, daß's eahm aufwachsn habts laßn wia's Gwild im Holz.«

Damit öffnete die Reutbäuerin die Tür und entfernte sich, im Innersten empört über Burgl und das undankbare Geschöpf aus dem Elend.

Auf der Altane an der Rückseite des Gebäudes saß Itta und weinte, als ob ihr das Herz brechen wollte.

Was hatte sie den Leuten nur getan, daß alle sie so verachteten und haßten? – Schon als Kind begegneten ihresgleichen und Erwachsene ihr wie einer Geächteten. In der Schule mußte sie trotz allen Fleißes und aller Artigkeit im letzten Winkel der Bankreihen sitzen und die Mitschüler ließen sie nur ungern an ihren Spielen teilnehmen. Später errang sie sich durch ihr einnehmendes Wesen wohl ein paar Freundinnen, aber diese vermieden es, die Freundschaft mit ihr öffentlich zu zeigen. Sie fand auch Bewunderer, die des Nachts vor ihrem Fenster Harmonika pfiffen und Lieder sangen, doch keinen, der sich erboten hätte, sie zu Festlichkeiten zu führen. Und das hätte sie noch zum wenigsten unglücklich gemacht. Sie zog ja die Einsamkeit den bäuerlichen Gesellschaften und Vergnügungen weit vor und verlebte die glücklichsten Stunden bei den Büchern, die Burgl ihr angeschafft, oder in Wald und Flur, die sie täglich durchstreifte. Aber von einem tat ihr die Verachtung, wurde sie ihr auch in mildester Form entgegengebracht, bitter weh, und das war Gottfried. Mit der köstlichen Zuversicht der Jugend ertrug sie indessen in der Hoffnung auf eine einstige Änderung auch diese und war zufrieden, wenn sie mit dem Burschen hie und da sprechen, ihm einen Dienst leisten durfte. Als er vor zwei Jahren zum Militär einberufen wurde, hatte es wirklich den Anschein, als ob er sein Benehmen ihr gegenüber bereute, und die Erinnerung an seine herzlichen Abschiedsworte hatte ihr später manche Stunde versüßt. Doch heute vernichtete dieser Brief all ihre Freuden wieder. Auch die lieblosen Worte der Bäuerin, seiner Mutter, schmerzten sie, und mit Bitterkeit dachte sie daran, wie freundlich die Frau sich sonst gegen sie gezeigt, wenn sie ihr im Hause sorgend und schaffend an die Hand gegangen war. Das mußte wohl Heuchelei gewesen sein, hinter der sich die Verachtung und der Haß verborgen hatten. Und wenn die Reutbäuerin, die sie doch als gute Frau schätzen und lieben gelernt hatte, heuchelte, dann tat es alle Welt, die treue Burgl ausgenommen.

5. Kapitel

Gottfried war Herr auf dem Reutbauernhof.

Der Alte saß meistens auf der Bank am Ofen, rauchte seine Pfeife, schnitzte Späne und Leitersprossen und tat, als ob er noch immer etwas zu sagen hätte. Die Mutter aber lag seit zwölf Monden in der kühlen Erde des Friedhofs und an ihrer Stelle bewachte ein junges stilles Mädchen den häuslichen Herd.

Burgl, jetzt eine alte, kränkliche Frau, erschien noch ab und zu in der Stube, um ihm Ratschläge zu erteilen, mit dem sehr phlegmatisch gewordenen Bruder über Gottfried zu sprechen und sich über dessen wilden störrischen Sinn zu beklagen. Sie unterließ es auch nicht, zu erwähnen, wie sehr sie sich gekränkt fühle durch die Lieblosigkeit des Burschen, der sie während ihrer letzten Krankheit kein einziges Mal besucht und sich nie nach ihrem Befinden erkundigt hatte.

»Wie halt die junga Leut sand«, lautete stets seine Antwort. »Aber sonst is er schon ebbs, der Bua.«

Ja, er war wirklich etwas, der junge Reutbauer.

Er spielte den unabhängigen, trotzigen Wäldlerbauer mit gleicher Gewandtheit, wie den flotten, rauf- und trinklustigen Burschen und suchte sich außerdem als tüchtiger Landwirt hervorzutun.

Auch die Eltern erwachsener Töchter hielten viel von ihm, ungeachtet der Tatsache, daß die Greininger Resie von Roßberg seit zwei Jahren seine erwählte Braut hieß. Es konnte sich ja noch manches ereignen vor der Hochzeit, die allem Anschein nach in nicht absehbarer Ferne lag.

Sobald Itta ihre Tagesarbeit beendigt und alles besorgt hatte, eilte sie zu Burgl in das Hinterhaus, in dessen Dachstübchen sich noch immer ihre Schlafstätte befand.

Im Sommer fiel dies nicht auf, da man sich frühzeitig aus der Stube machte, um die müden Glieder auszuruhen oder um die herkömmlichen Spaziergänge durch Wald und Feld anzutreten. An den langen Winterabenden aber, an denen man bis zwölf Uhr aufzubleiben pflegte, vermißte man desto mehr jene trauliche Gemütlichkeit, die nur ein hausfrauliches Wesen um sich zu verbreiten versteht. Man saß sich frostig schweigend gegenüber oder besuchte andere Häuser, so daß oft genug nur noch Gottfried da war, um dem Alten stumme Gesellschaft zu leisten.

Dieser stellte einst in Gegenwart seines Sohnes an Itta die Bitte, am Abend zu bleiben und womöglich ganz in das Vorderhaus zu den Mägden überzusiedeln. Itta blickte fragend auf Gottfried und wartete eine geraume Weile, ehe sie mit fester Stimme »nein« sagte. Darauf ging der Bursche pfeifend fort und ärgerte sich im Stillen über die stolze Dirn, der sein Haus nicht gut genug war.

Es kam der Abend der Heiligen drei Könige.

Im Dorf erdröhnten Pistolenschüsse, dem Christkind zu Ehren und die Gehöfte umgab der Duft von Krapfen und Weihrauch. In den Ställen brüllte das Vieh, das der Hausherr mit geweihtem Brot und Kräutern stopfte, während die Dirnen mit Kohlenpfanne und Dreikönigswasser hin und her wanderten und die Türen mit dem bekannten »C. M. B.« beschrieben, zur Abwehr der bösen Mächte.

Hie und da sah man auch gespenstische Gestalten die Dorfstraße hinabeilen und in irgend einem Hause verschwinden, worauf die alten Christlieder ertönten und am Ende der eigentümliche Spruch:

»Kropfa heraus, Kropfa heraus,
Oder wir stechen a Loch ins Haus!
Tun d' Henner auf der Steig derschlagn,
's Vieh bei Tür und Tor ausjagn.
Kropfa heraus, Kropfa heraus!«

Das waren die »Rauhnachtsinger«, abenteuerlich gekleidete Burschen, die von Dorf zu Dorf zogen und in jedem Haus reichlichen Lohn als Flachs und Rauhnudeln für ihren Gesang einheimsten.

In der Stube des Reutbauern sah es heute viel gemütlicher aus als sonst. Die von der schwarzglänzenden Holzdecke auf den Tisch niederhängende Lampe brannte ausnahmsweise einmal sehr hell und ihr Licht beschien die plaudernde Gruppe der Dienstboten im Hintergrund, sowie die in ihrem Schlafsessel am Fenster liegende Burgl. Sie hatte Itta bewogen, die Rauhnacht im Vorderhaus zu verbringen, wie sie selbst es ebenfalls tun wollte, da sie sich hinten alleine fürchtete.

Der Alte lag längst im Bett, Gottfried aber saß am Tisch, den Kopf auf beide Hände gestützt und den Blick unablässig auf Itta gerichtet, die mit hausfraulicher Geschäftigkeit den Herd umkreiste.

Ihre flinken Hände drehten die runden Küchl aus, ließen sie sachte in das heiße Schmalz gleiten und hoben sie nach einigen Minuten schön goldbraun gebacken wieder heraus.

Als die auf dem Herd liegenden Bretter mit den appetitlich aussehenden Dingern bedeckt waren, zog sie die Pfanne vom Feuer und wischte sich aufatmend über das glühende Gesicht.

»Jetzt bin i firti, Muatta«, sagte sie laut.

Burgl hörte nicht; sie schlief.

Itta wartete noch eine Weile. Dann ging sie an den Tisch, öffnete die Lade, nahm ein weißes Tuch heraus und breitete es aus.

Gottfried zog die aufgestülpten Arme rasch zurück.

»Richtst denn schon zum Eßn her, Itta?«

Sie nickte lächelnd, während ein helles Leuchten durch ihre Augen ging. Es geschah ja so selten, daß er sie anredete und noch dazu in solch freundlichem, ihm selber ungewohnten Ton.

»Na, is guat, denn du hast mir schon an großn Planga gmacht mit deine Rauhnudeln«, meinte er.

Nach der Abendmahlzeit setzte man sich zu heiterem Gespräch zusammen. Itta ließ sich von den Mägden bewegen, etwas »aus den Gschichtnbücheln« zu erzählen und sie tat dies mit einer Anmut, die ihre Wirkung auf die Zuhörer nicht verfehlte. Gottfried wußte selbst nicht, wie ihm geschah; er konnte den Blick nicht mehr abwenden von diesem lächelnden Mund, den Grübchenwangen und den großen blauen Augen. Dann dachte er wieder an ihre Herkunft.

»Schad, ewig schad, daß sie trotzdem a Böhmin is«, sagte er sich. »Sie war wirklich sonst – gar net zuwider.«

Der Großknecht war hinausgegangen, um seine Pistole abzufeuern. Jetzt stürmte er plötzlich wieder herein mit der Nachricht, daß die Rauhnachtsinger kämen.

Wirklich öffnete sich bald nach ihm die Tür und die heiligen drei Könige betraten die Stube. Kaspar, der Mohr, mit Papierkrone und Szepter, Melchior und Balthasar mit wallenden Gewändern, flachsenen Bärten und gewaltigen Bischofshauben stellten sich keck an den Tisch. Der goldgeflügelte, verschleierte Engel hinter ihnen aber blieb zurück und beteiligte sich wenig an dem Singen.

Nach dem alten Hirtenlied:

> »O mein liaber Hiasel, i muaß dir was sagn,
> Hör, was sich heut Nacht hat alls Neues zuatragn.«

sangen sie das ebenso ehrwürdige:

> »Dort drunt in der grean Au geht der Morgenstern auf,
> Da sitzt unser liabe Frau und 's Jesulein darauf . . .«

Dann folgte als drittes:

> »Es tat eine Jungfrau spazieren gehn,
> Wohl über ein grünes Reut;
> Begegnet ihr unser Herr Jesu Christ
> In einem schneeweißen Kleid.

> »Wohin, woaus, du schöne Jungfrau?
> Wo willst du heut noch hin?«
> »Ich geh in'n Wald, der Herr Jesu Christ
> Verzeiht nicht meine Sünd.«

> »Bist du eine große Sünderin,
> Die niemals Buß getan,
> So bin ich selbst der Herr Jesu Christ,
> Der dir verzeihen kann.«

> Wie scheint der Mond so silberhell!
> Wie scheint die Sonn so klar!

Was auf der Welt verschwiegen bleibt,
Bei Gott wird's offenbar.«

»Ja, bei Gott, bei Gott!« ertönte es in diesem Augenblick schneidend vom Fenster her.

Burgl, kränker, als man meinte, hatte in einer Art Fiebertraum ihren Gatten gesehen und erwachend den letzten Vers noch vernommen.

Itta sprang erschrocken auf. Ihr war bang und ängstlich zu Mute.

Eine Zeit lang herrschte in der Stube tiefe Stille, bis sie plötzlich rauh unterbrochen wurde durch die verstellte Stimme des Engels:

»Krapfen heraus, Krapfen heraus!«

Gottfried machte eine jähe Bewegung gegen ihn, stieß einige undeutliche Worte hervor und verschwand dann in der Nebenstube. Itta reichte den Rauhnachtsingern die Gaben. Sie entfernten sich, nur der Engel blieb mit unruhigen Gebärden zurück.

Als sich nach einigen Minuten die Tür der Kammer wieder öffnete, eilte er hell lachend auf den eintretenden Burschen zu und riß sich den Schleier vom Gesicht.

»Hahaha, du hast mi wirkli net kennt, Gottfried.«

Er wich zur Seite und ließ die Arme sinken.

»I hab dich freilich kennt, Resie«, sagte er in verächtlichem Ton, »aber es kimmt mir wunderlich vür, daß du mit den Rauhnachtsingern gehst.«

»Na, mein Gott, aus Gspaß!« entschuldigte sich das Mädchen errötend. »Zudem sands ja unsere Knecht und die groß Dirn.«

»Is recht. I will dir auch den Gspaß net verderbn. Drum geh nur weiter, es sand ja noch mehr Häuser im Kaltwasser. Verirr dich aber net, daß doch koa zweits Mal mehr da herein kimmst.«

»Gottfried!« rief sie halb erschrocken, halb zornig.

Er besann sich ein wenig, ergriff dann seine auf der Bank liegende Mütze und wandte sich nach der Tür.

»Geh mit, i weis dich den andern nach«, befahl er kurz.

Wortlos folgte sie ihm, während die Dienstboten in ein schallendes Gelächter ausbrachen.

»Des war net dumm«, bemerkte der Großknecht mit schadenfroher Miene.

»Ja, wahrhaftig net!« bestätigten die übrigen eifrig und es entspann sich darauf eine boshafte Unterhaltung über die stolze Greiningertochter, die »Rauhnachtsingen« ging.

Die Rückkunft Gottfrieds machte dieser Unterhaltung jedoch bald ein Ende. Er setzte sich so ruhig an den Tisch, als ob nicht das Geringste vorgefallen wäre und, wie in schweigender Übereinstimmung mit ihm, knüpfte Itta die früheren harmlosen Gespräche wieder an. So waren die heiligen drei Könige mit dem Engel bald vergessen. Nur Gottfried fragte sich immer wieder im Stillen, ob sie, die Böhmin, wohl je zu einem solchen, in seinen Augen entwürdigenden Streich fähig sein würde. Gewiß nicht. Sie war ja trotz ihrer Freundlichkeit stets so ernst, so stolz. Sie verstand es, die Leute fröhlich lachen zu machen, ohne selbst als Spaßmacherin zu erscheinen.

Es gefiel ihm heute einmal ausnehmend wohl im häuslichen Kreis. Wenn dies auch in den späteren Tagen so bliebe, würde er sich das Auslaufen und die Nachtschwärmerei leicht abgewöhnen können, würde in Wahrheit werden, was er sich bisher nur zu scheinen bemüht hatte: Ein tüchtiger Hausherr.

Aber das sollte nicht sein. Heute war Itta da – morgen aber zog sie sich wieder stolz und schweigend in das Hinterhaus zurück zu Burgl. Diese beneidete er um ihre Gesellschaft. Es mußte doch recht hübsch und traulich sein, wenn die beiden so zusammensaßen, während die Lampe das Zimmer freundlich erhellte und ein lustiges Feuer im Ofen flackerte. Er hätte als dritter gerne, sehr gerne dabei sitzen mögen, aber das ging eben nicht. Das litt sein Stolz nicht. Überdies war ihm auch Burgl seit einiger Zeit nicht besonders günstig gesinnt.

Hingehen konnte er indessen schon einmal, um wieder, wie einst, durch das Schlüsselloch zu schauen und zu horchen.

6. Kapitel

Der Frühling war gekommen mit all seiner Pracht.

Freudigen Sinnes zogen die Landleute auf die Felder, die Holzhauer in den Wald, der Hirt auf die Weide. Hier wie dort ertönten Jauchzer und frohe Gesänge, denn Lenzlust und Lenzsonne stahlen sich in die Menschenherzen, füllten sie mit Lust und Lebensmut.

Die Leute vom Reutbauernhof arbeiteten in geteilten Gruppen auf den Wiesen.

Gottfried pflügte das Land für den Sommerroggen, wobei der Alte mit vergnügtem Sinn den etwas störrischen Pferden voraustrabte.

Itta bereitete zu Hause das Mittagsmahl.

Von Zeit zu Zeit trat sie ans Fenster und blickte sehnsüchtig hinaus in die herrliche Natur. Sie hätte sich zu gerne denen angeschlossen, die sich dort an Licht und Blumen freuten. Aber sie durfte es nicht, denn sie war hier unentbehrlich, mußte für alle sorgen und im Hinterhaus die kranke Burgl pflegen.

Diese konnte schon seit Wochen das Bett nicht mehr verlassen. Der Arzt aus dem Pfarrdorf besuchte sie oft, öfter als notwendig, doch nicht aus übereifriger Sorge um die Kranke, auch nicht des Gewinnes halber, sondern eines schönen, liebenswerten Mädchens willen. Er war ein noch junger Mann, tüchtig in seinem Beruf und seines freundlichen Benehmens wegen allgemein beliebt. Der einzige Fehler, den man an ihm zu tadeln hatte, war der, daß er keine Frau besaß, auch keine Anstalten machte, sich eine solche beizulegen. Freilich wollten einige schon das Gegenteil wissen, indem sie Itta mit siegesgewisser Miene die »künftige Frau Doktorin« nannten; aber es war immer noch nicht recht zu glauben. Im Reutbauernhause selbst wurde nicht darüber gesprochen. Doch jedesmal, wenn der Doktor kam, wechselten die Mägde bedeutungsvolle Blicke; Gottfried ging dann mit mürrischem Gruße fort.

Heute befand sich nur Itta zu Hause, als der feste, gemessene Schritt des Arztes auf den Steinen des Flures draußen erklang. Sie wischte sich hastig die Hände an der Schürze, stellte einen Sessel bereit und sah dann verlegen aus dem Fenster.

»Guten Tag, Fräulein Itta!« sagte eine wohlklingende Stimme. »Wieder so vielbeschäftigt? Wie steht's mit unserer Kranken?«

»Es tuats schon, Herr Doktor. Sie is heut viel besser wie gestern und verlangt sogar, daß wir s' aufstehn lassn.«

»Hoho! Nun, wir werden sehen, ob sich das bewilligen läßt. Einstweilen aber bitte ich um einen frischen Trunk.«

Itta war froh, sich für Augenblicke entfernen zu dürfen, denn sie fühlte sich in seiner Nähe so bedrückt und verlegen. Als sie mit einem Glas frischen Wassers erschien, fand sie ihn in Betrachtung des über der Kammertür hängenden, kunstvoll gestickten Haussegens versunken.

»Haben Sie das gemacht, Itta?« fragte er.

»Ja, Herr Doktor.«

»Ich bewundere Ihre geschickte Hand, bewundere überhaupt Ihre ganze Person, die mir so gar nicht in den Rahmen eines Bauernhauses zu passen scheint. Fühlen Sie sich denn glücklich hier?«

Sie blickte in sein gutes, ernstes Gesicht und überwand die Versuchung, ihn mit einem oberflächlichen Bescheid abzufertigen.

»I woaß net, was i da sagn soll, Herr Doktor. Der Reutbauernhof is soviel wie mei Hoamat, koan andere han i net. Es kimmt mir wohl oft vür, als kunnt manches anders sein, als es wirklich is, aber es geht mir allweil besser, als den andern Bauerndirdln.« An Gottfried denkend, fügte sie mit leichtem Erröten hinzu: »Und glücklich – bin i schon.«

Nach einer Pause, während der er sie forschend betrachtet hatte, fragte er: »Wissen Sie gar nicht, wer eigentlich Ihr Vater war und was die Ursache seines so frühen Todes gewesen sein mochte?«

»Na«, antwortete Itta und wiederholte, was sie schon als Kind von ihrer Heimat und ihrer Mutter erzählt hatte.

Der Arzt ging etliche Male in der Stube auf und ab. Dann trat er auf das Mädchen zu und nahm mit einem ernsten Blick ihre kleine, rauhgearbeitete Hand.

»Ich will ihnen etwas sagen, Itta. Sie leben unter Menschen, die Sie einzig Ihrer Herkunft wegen nicht ehren und schätzen, so wie

Sie es verdienen, die auch kein Verständnis haben dafür, daß Ihr Geist und Ihr Gemüt Ihren Stand hoch überragen. Sie können deshalb nicht glücklich sein. Das würden Sie erst an der Seite eines Mannes, der Sie in Ihrem wahren Wesen zu nehmen und zu schätzen versteht. Der Mann bin ich, um es kurz zu machen. Wollen Sie meine Frau werden?«

Itta stand, keines Wortes mächtig, erschrocken und verwirrt da. Endlich faßte sie sich und stammelte mühsam hervor:

»Aber – aber Herr Doktor, i bin ja aus'm Elend, bin a Böhmin! I kann net – trau mir net –«

»Die Vorurteile Ihrer Landsleute sind mir fremd, Itta«, sagte er, mit Wärme ihre Hand drückend. »Ich liebe und achte Sie, das ist genug. Doch ich verlange in dieser Minute keine Entscheidung. Sprechen Sie mit Ihrer Pflegemutter, wie auch ich es zu tun gedenke und werden Sie sich vor allem selbst klar darüber, ob Sie meine Gefühle erwidern können.«

Sie nickte nur rasch und heftig, denn der plötzliche Eintritt Gottfrieds enthob sie einer Antwort. Der Doktor ließ ihre Hand los und grüßte den Burschen, der sich nach einem blitzartigen Blick auf die beiden sofort abwandte.

»Bist leicht du auch krank, Itta?« fragte er grob.

Da sie schwieg, drehte er sich wieder herum und zeigte so sein wetterbraunes Gesicht, auf dem in diesem Augenblick nichts als Spott, Hohn und Gehässigkeit zu lesen war.

»I kann mir kaum was anders denka, als daß dir net guat sein muaß«, fuhr er fort. »Der Herr Doktor hat dir ja'n Puls griffa. – Oder beitst vielleicht erst auf d' Schmerzn?«

»I beit auf nix, als auf die Zeit, wo du a weng höflicher gegn d' Herrenleut wirst!« platzte sie nun hochroten Gesichts heraus.

Er lachte boshaft.

»Pah, höflicher! Der Herr Doktor woaß schon, daß i a Bauer bin und verlangt koane Komplimenter von mir.«

»Nein, wirklich nicht«, versetzte dieser mit ruhiger Würde. »Ich hätte auch keine Zeit, sie anzuhören, denn mich erwartet Wichtigeres. – Also, Itta, denken Sie ernstlich nach über das, was ich zu Ihnen gesprochen und leben Sie wohl bis – bis übermorgen.«

Er drückte ihr noch einmal die Hand, nickte Gottfried flüchtig zu und ging fort.

Während sie mit einer an ihr ungewöhnlichen Hast den Tisch deckte, schritt der Bursche rastlos in der Stube auf und ab. Mehrere Male war er nahe daran, seinem Ingrimm über den Doktor in Schmähreden Luft zu machen, doch immer wieder hielt ihn die Scheu vor Itta ab. Endlich blieb er stehen und sagte in hämischem Ton:

»So ist's halt richtig wahr, daß man dich nächstns Frau Doktorin tituliern muaß?«

»Na, des is net wahr«, erwiderte sie, ihm fest ins Auge blickend.

»N – net? Willst du's etwa laugna? – I hab's aber doch gsehn –«

»Du hast gar nix gsehn, Gottfried«, unterbrach sie ihn. »Wahr ist's, daß er mir, dem arma, verachtn Dirndl an Antrag gmacht hat, daß i'n aber annimm, des kannst net b'hauptn.«

»Und warum nimmst'n denn net an?«

»Weil i den Doktor net liab hat, – ihn net.«

»Wen dann?« wollte er weiter fragen, hielt es aber noch rechtzeitig zurück, während ihn ein eigentümlicher Schreck durchfuhr.

Ein langes, peinvolles Schweigen entstand, das er endlich mit der Bemerkung brach, daß er den Doktor nicht leiden könne und daß es höchste Zeit zum Essen sei.

Sie wandte sich eilig dem Herd zu, um die Tränen zu verbergen, die über ihre Wangen rollten.

*

Dem sonnigen Frühlingstag folgte ein wunderlieblicher Abend. Bis zum Eintritt der Dämmerung saßen die Landleute vor den Haustüren und auf eine ziemliche Entfernung plauderten und scherzten die Nachbarn miteinander. Über die Felder tönte Singen und Jauchzen; die Lenzluft hielt Natur und Menschen wach.

In dem großen Garten hinter dem Reutbauernhaus lagen und standen zehn oder zwölf Burschen auf dem kurzgrasigen, von Veilchen durchdufteten Rasen umher. Auch hier erklangen einige der jedem jungen Wäldler unentbehrlichen Musikinstrumente wie Schwegelpfeife und Harmonika und wurden mit frischem Gesang begleitet. Gottfrieds schöne, kräftige Stimme übertönte die der andern. Er lehnte an dem Stamm einer mächtigen Ulme, ihm zu Füßen balgten sich seine beiden Knechte wie zwölfjährige Jungen.

»Wenn's net bald aufhörts, gib i enk Unterricht!« rief er ihnen endlich scherzend zu.

Da diese Ermahnung kein Gehör fand, beugte er sich nieder, faßte den Größeren am Fuß und stellte ihn auf den Kopf, was ein allgemeines Gelächter hervorrief.

»Des is mir z'dumm!« schrie der so Behandelte, als er wieder auf den Füßen stand. »Des is mir z'dumm! Wennst gar so stark bist, du starker Gottfried, aft geh jetzt her, i will sehn, ob du mich jetzt auch noch baumstellst!«

Damit reckte er die Arme von sich, den Reutbauern mit geballten Fäusten erwartend.

Dieser ließ sich eine solche Aufforderung nicht zum zweiten Mal zukommen. Binnen weniger Sekunden stand der Bursche wieder auf dem Kopf und seine Füße suchten sich dem eisernen Griff Gottfrieds vergeblich zu entrinnen. Abermals befreit, begann er ernstlich zu wüten und zu toben. Als er sah, daß sein Geschrei und seine Drohungen Gottfrieds überlegene Ruhe nicht zu erschüttern vermochten, schwang er plötzlich ein griffestes Messer über sich.

Nun flammte es in den dunklen Augen des jungen Reutbauern unheimlich auf.

»Tua dei Feggin weg!«

»Der Teixl soll mi holn, wenn i mag!« war die Antwort des Rasenden.

Nun trat Gottfried vor, stürzte sich mit großer Schnelligkeit auf den Knecht und warf ihn zu Boden. Das Messer aber bohrte sich durch einen unglücklichen Zufall in seine linke Hand.

»Gib ihm's zruck, Reutbauer, gib ihm's zruck!« schrien die herbei-
stürmenden Burschen. »Der Kerl is net mehr wert, er is ohnehin a
halberter Böhm.«

Einige wollten sofort das Rächeramt übernehmen, aber Gottfried
verwies es ihnen.

»Wenn er a Halbböhm is, dann laßts'n gehn«, sagte er, nachdem
er, ohne mit der Wimper zu zucken, das Messer aus der blutenden
Hand gezogen hatte.

»Er is freilich oaner. Sei Muatta war an echte Böhmin.«

»Is des wirkli wahr, du?« wandte er sich an den mutlos Dalie-
genden. »Sag's aufrichtig, dann rühr i dich mit koan Finger an.«

»Es is net wahr, – i kann's beweisn.«

»So beweis's!«

»Frag den Obmannbauern in Roßberg. Dem sei Schwester is mei
Muatta.«

»Meiner Seel, du hast recht!« nickte Gottfried, in dem eine Erinnerung aufstieg. »Warum bist denn aber doch so hoamtückisch?«

»I kann nix dafür, daß dir's Messer in d'Händ ganga is. Hättst mir
an Ruah laßn.«

»Des versprich i dir auch jetzt noch net, Bua. Du hast Prügl vade-
ant und weilst koa Böhm bist, sollst du 's treuli habn. Steh auf.«

Der Knecht stand gehorsam auf und wehrte sich nicht sonderlich
mehr, als ihn Gottfried zum Gaudium der Umstehenden weidlich
durchprügelte.

»So«, sagte er, »jetzt san mir wieder guat, wia's unter richtige
Buam der Brauch is. Da hast mei Händ.«

Ohne Zögern schlug der durch diesen Ausgang überglückliche
Mensch ein. Nach einem Blick auf die von ihm geschlagene Wunde
riß er sein seidenes Halstüchlein ab und verband sie damit.

Damit galt die Geschichte für abgemacht.

*

Die Charaktere der Menschen sind untereinander weit verschiedener, als die Gräser, Blumen und Bäume in Feld und Wald. Jeder setzt sich aus so vielen Ecken, Seiten und Falten zusammen, daß er nie zu berechnen und auszulernen ist, selbst nicht von dem ihn Besitzenden. Er glaubt ihn vollkommen zu kennen, bis sich eines Tages eine der Falten öffnet und ihn mit ihrem Inhalt zur Verwunderung bringt.

So ging es heute dem jungen Reutbauern.

Er stand in dem dunklen Flur vor Burgls Tür und horchte. Zum wievielten Mal schon seit etlichen Wochen wußte er wohl selbst nicht mehr, denn es war ihm schon zur Gewohnheit geworden.

Drinnen erklang die tiefe, weiche Stimme Ittas, die, wie immer, wenn Burgl nicht schlafen konnte, aus einem Buch vorlas. Es war eine seltsame, traurige Geschichte von einem jungen Müller, der die schöne Tochter seines Nachbarn, des Wasenmeisters, liebte, wie sie ihn.

Trotz dieser Übereinstimmung der beiderseitigen Gefühle sah sich Philomena, die Heldin, verschmäht, einzig ihrer Herkunft wegen. Der Müller hielt es mit seiner Ehre für unvereinbar, die Tochter eines Wasenmeisters zum Weibe zu haben. Erst als sie ein anderer achtbarer Mann heimführte, erkannte er, was er verloren. Er klagte und trauerte und zog endlich fort in die Fremde, wo er sein Leid vergessen wollte. Doch dies gelang ihm nicht. Als ihn eines Tages die Kunde erreichte, daß Philomena, die von der ersten Zeit ihrer Ehe an zu kränkeln begonnen hatte, im Sterben liege, eilte er unverzüglich heim.

Es war ein trübes Wiedersehen.

Als er unter heißen Tränen an dem Lager der Sterbenden niederkniete, richtete sie sich auf, reichte ihm ihre todeskalte Hand: »Ich habe dich immer geliebt, Friedrich, immer; dein ungerechter Stolz bringt mich in das frühe Grab.«

Nach diesen Worten schloß sie die Augen, und er stürzte verzweifelnd aus dem Hause. – Er kam an den Steg, der über den hochgeschwollenen Bach zur Mühle führte. Dort trat ihm der bleiche Gatte Philomenas entgegen mit dem Ruf: »Du bist es, der mein Weib getötet!«

Friedrich wollte ihn von sich drängen, trat fehl und stürzte in die kalten Fluten.

Gottfried hatte sich immer für einen vernünftigen, nüchtern denkenden Menschen gehalten, hatte sich sogar oft eine allzugroße Herzens- und Gemütshärte zum Vorwurf gemacht. Heute aber entdeckte er zu seiner größten Verwunderung, daß ihn das Leid fremder Personen, deren jemalige Existenz noch dazu fragwürdig genug war, bis zu Tränen rühren konnte. Schluchzend lehnte er an der Mauer und hielt, wie aus Scham vor sich selbst, die Mütze vor das Gesicht.

Die Geschichte war zu Ende.

Gottfried sah, wie sich der Schein des Lichtes durch das Schlüsselloch stahl und über den Steinen des Flures zitterte.

Er hörte, wie Burgl sagte: »Des Buach is net von mir, Itta. Wo hast du's denn her?«

»Von der Doktormagd«, war die Antwort. »Sie liest gern, und wenn i am Sonntag aus der Kircha kimm, steckt sie mir immer solche Heftn zu.«

»Nimm sie ein anders Mal nimmer an, Itta. Des sand so dumme Gschichtn, die koan Wert net habn und nur'n Kopf verwirrn. So a Liab, wia s'da drin steht, gibt's in der Wirklichkeit net, und wer sich's trotzdem einbildt, der kann leicht unglückli wern.«

»I net, Muatta«, erwiderte Itta. »I woaß's genau, wo d'Dichtung anfangt und d'Wirklichkeit aufhört. Und wenn mir schon mehr im Herzn passiern tat, wie ein'm andern, – die Menschn sand ja verschiedn, – dann hielt i mi an d'Arbeit und an unsern Herrgott.«

»Und i«, sagte Gottfried leise, »i tat halt oafach d' Philomena heiratn und wenn s' glei a Schinderstochter war. Dem andern aber, der sie mir nehma wollt, dem brechat i's Gnack.

Damit wischte er die Tränen aus den Augen und tappte sich vorsichtig aus dem dunklen Flur.

7. Kapitel

Am Abend des Johannisfestes herrschte auf den Bergen ein fröhliches Leben. Um die aus Tannenästen und Fichtenzweigen aufgerichteten Hügel tanzte die Schuljugend der Dörfer. Die Wälder widerhallten von Jauchzern und Pistolenschüssen, von den vielstimmigen Gesängen der Burschen und Mädchen. Das würdige Alter lagerte an den Feldrainen und ergötzte sich an dem lebensfrischen Nachwuchs und gedachte der Zeit, zu der es selbst mit gleicher Lust die Sonnenwende gefeiert.

»Am höchstn sind halt doch wir heuer!« rief ein Bursche auf dem steilen Sölling hinter Kaltwasser in selbstbewußtem Ton seinen Kameraden zu.

Und er hatte recht. Der Sölling überragte wohl zwanzig der ihn umringenden Berge, man konnte von seiner Spitze aus einen beträchtlichen Teil des Waldlandes überschauen.

»Des muaß schön wern, wenn amal alle Feuer außi und außi brinnen«, sagte ein anderer. »Des unsere möcht i jetzt schon anzendn, damit wir als die erstn des Zeichn gebn kunntn. Wenn nur der Reutbauer kam, er bleibt ewig lang aus.«

»Na, müassn wir denn grad auf ihn wartn?« fragte ein dritter etwas unwillig.

»Freilich tuan wir's. Es möchtn sunst beleidigen. Aber wenn i recht seh, – da kimmt er ja schon herauf über d'Höh!«

»Ja er ist's, er ist's! Jetzt kann's losgehen, Buam!« riefen die Burschen in lebhafter Bewegung.

Einige zogen ihre Pistolen und feuerten sie gegen den Reisighügel ab, aus dessen Spitze die lange Stange mit dem König[2] emporragte.

---

[2] Der König ist eine mit bunten Lappen und Flitter gezierte Strohpuppe, bei deren Aufgehen in den Flammen die Sonnenwendfeier ihr Ende erreicht. Ursprünglich wird sie wohl die Darstellung des Wodanssohnes und Lichtgottes Balder auf dem Scheiterhaufen sein, wie ja die ganze Feier bekanntlich nichts anderes ist, als das Balderfest unserer heidnischen Vorfahren, das sich, wie noch so manche ihrer Bräuche, bis in die christliche Jetztzeit herein erhalten hat.

Gottfried hatte die Höhe erklommen und schritt nun, zum Gruße den Hut schwingend, herbei.

»Anzendn, Reutbauer, anzendn!« tönte es ihm von allen Seiten entgegen.

Er blickte prüfend in das Land hinaus, das die Dämmerung schon zu überweben begann, während im Westen die letzten Streifen der Abendröte verglommen.

»Habts ös Besn?« fragte er dann die herandrängende Knabenschar.

»Ei ja, hundert für oan!« war die fröhliche Antwort.

»So zendts an, aber schön untn in der Mitt!« befahl er.

Jubelnd und schreiend stürmten die Knaben dem grünen Hügel zu. Gottfried und die übrigen folgten langsamer.

Alles, was sich an Leuten auf dem Sölling befand, erhob sich, um das Aufflammen des Feuers zu beobachten. Die Jungen machten ihre Sache gut, denn sie krochen mit dem Fackelbrand unter den Reisighaufen, wo sie ihn einsetzten.

Es währte nicht lange, so brach sich eine rotgelbe Lohe durch die duftende Nadelmasse, die bald von dichten Rauchwolken umhüllt war, um sich endlich als ein brennender, sprühender Hügel zu entpuppen. Die Flammen stiegen lotrecht empor und warfen ihren Schein auf die hohen, alten Tannen des Söllingwaldes, dessen ernstes, feierliches Rauschen mit seinem düsteren Aussehen übereinstimmte.

Vor, unter und neben ihm aber, welches Leben!

Die Knaben hatten ihre an langen Stielen befestigten Besen in Brand gesetzt, mit denen sie nun prozessionsweise den steilen Hang auf- und abliefen, Flammenräder schlugen und andere feurige Figuren bildeten. Von Zeit zu Zeit machten sie einen Ausfall nach den fröhlich umherwandelnden Mädchenscharen, die dann mit Geschrei und Lachen auseinanderstoben. Die Burschen sangen zu den Weisen einer Ziehharmonika, daß es im Walde widerhallte.

Als hätten die Nachbarn ringsum nur auf das Zeichen vom Sölling gewartet, so lohten plötzlich an die zwanzig oder dreißig Feuer auf, die waldige Gegend wundersam beleuchtend.

Und überall die gleiche Lust, das gleiche bewegte Schauspiel.

Gottfried hatte sich einige Zeit bei den Kameraden aufgehalten. Jetzt aber entfernte er sich von ihnen. Langsam umschritt er das Feuer und schickte seine Blicke suchend nach allen Seiten. Lange wanderte er so hin und her: bald horchte er gespannt auf, halb senkte er mißmutig den Kopf, bis ihm plötzlich eine hellklingende weibliche Stimme zurief:

»Wen suachst denn, Gottfried?«

»Dich net«, murmelte er heimlich, geärgert, wandte sich aber trotzdem um und trat auf die Fragerin zu.

Sie saß mit noch zwei Mädchen neben einer Haselhecke, doch so, daß nicht deren Schatten, sondern der grelle Schein der Flammen auf ihre kräftig gebaute, üppige Gestalt fiel. Ihre braunen Augen blitzten den Burschen keck und lustig an.

»Mich kannst net gsuacht habn, du Schlauer«, sagte sie, »weilst es oafach net gwißt hast, daß die Greininger Resie von Roßberg zum Sunnawendfeuer aufn Sölling geht. Na, i frag dich net weiter und verlang nur, daß d' dich a weng zu uns her sitzt und uns Gsellschaft leist. Die Dirndln vom Kaltwasser mögn uns net leidn.«

»Die welchen denn?« fragte er.

»Alle, bsunders aber die Reutbauer Itta.«

»Und warum denn die?«

»Mein Gott, i woaß's auch net«, sagte Resie ungeduldig. »I hab ihr noch nia was tan, hab s' sogar ganz gmüatlich angredt vorhin, aber da ist s' davongangen, als wenn's ihr net der Müh wert war, mit unserein'm z'dischkuriern.«

»Was hast denn gsagt zu ihr?« fragte Gottfried abermals. Er hatte sich schon seit langem nicht mehr so zur Bosheit aufgelegt gefühlt, als eben jetzt.

Sie wurde noch ungeduldiger.

»Mei Himmel, was du alles wißn muaßt! – Gfragt hab i sie, ob 's ihr wohl recht is, daß i auch da bin und ob – – aber i bin narrisch gnuag, wenn i Dir alls auf d' Nasn streich! Du tuast es auch net.«

»Na, i net«, bestätigte er, sich an ihrem Ärger weidend.

»Du bist ganz a Hoamtückischer, des woaß i schon lang.«

»Und magst mi doch.«

»Mir scheint, er will dich heut positiv auftreibn«, mischte sich Resies Schwester, die rotwangige Lois, in das unerquickliche Gespräch. »Dann kränkts uns aber, daß wir so weit ganga san; wir hättn dahoam auch a Sunnawendfeuer ghabt.«

»Es is wirklich dumm, des«, nickte Gottfried, der im Stillen den Vorsatz gefaßt hatte, sich durch groben Spott von der ihm heute durchaus unerwünschten Gesellschaft loszumachen. Er hatte die hellgekleidete Gestalt Ittas in der Ferne erblickt und es zog ihn unwiderstehlich dorthin.

»O bild dir's nur net ein, daß i z'wegn deiner her bin!« fuhr Resie zornbebend auf. »Es wär mir load, wennst dir das denkertst, weilst dich groß täuschn tatst.«

»Und zwegn wem bist denn nachher da, Resie?«

»Des geht dich nix an.«

»Na wahrhaftig nix, du hast recht. Guat Nacht.«

Er sprachs und schritt in hochmütiger Haltung von dannen, während die Mädchen in einen Sturm der Entrüstung ausbrachen.

»I kann mir's schon denka«, rief Resie fast außer sich, »i kann mir's schon denka, was und wer da dahinter steckt. Neamd anderer, als wie die verächtliche Böhmin, die d' Burgl aus Gnad und Barmherzigkeit aufgnumma hat, und die sich mit ihrer scheinheilinga Larvn bei allen einschmeichelt.«

Itta lehnte ganz allein an dem Stamm einer alten Fichte und blickte sinnend auf das bewegte Treiben. Obwohl sie sich, wenigstens in dieser Stunde, nicht gerade unglücklich fühlte, wäre es ihr doch unmöglich gewesen, daran teilzunehmen, mit den andern zu jubeln und zu scherzen.

»Ich passe nicht darunter«, sagte sie sich mit trüber Ergebenheit, »und werde drum wohl immer einsam und allein bleiben müssen.«

Dann dachte sie an Burgl, deren Schicksal noch härter war, als das ihre. Auch sie hatte seit dem Tod ihres Mannes nichts mehr gehabt von den Freuden des Lebens. Jetzt lag sie schon mondenlang krank darnieder, die ohnehin Schwergeprüfte. Wenn auf dieser Erde jedem Menschen sein gleiches Maß von Glück zugemessen wäre, wie sie es in irgend einem Buche gelesen hatte, wo war wohl das ihre geblieben?

»Nein«, dachte sie, »der eine hat viel, der andere wenig und die Burgl und ich sind bei der Teilung zu kurz gekommen.«

»Itta, bist noch da?« tönte Gottfrieds Stimme hinter dem Baum.

Sie fuhr erschrocken herum und es dauerte ziemlich lange, ehe sie antworten konnte:

»Ja, Gottfried. Gehn wir etwa hoam?«

»Jetzt grad noch net, ich möcht dir noch a Zeitl Gsellschaft leistn.«

»Du mir?« – Das klang so verwundert, ja bestürzt, daß er lachen mußte.

»Dir kimmt des so gspassi vür? Wenn i aufrichti sein will, mir selber auch, aber es is so. I hab dich schon lang gsuacht.«

Da redete er offenbar die Unwahrheit, denn sie hatte ihn doch vor kurzem noch bei den Greiningertöchtern stehen sehen. Als ob er ihre Gedanken erraten hätte, fügte er hinzu:

»Ja, i hab dich gsuacht. Derweil is mir vorhin d' Resie in Weg kommen und hat mi wider Willn aufghaltn. Jetzt aber bin i firti mit ihr.«

Itta verstand den wahren Sinn seiner letzten Worte nicht. Gleichwohl sagte sie mit erzwungenem Lächeln:

»Des is aber schnell gangen!«

»Schnell? Ja, in der Hauptsach freilich. Aber i hab mich schon lang mit dem Vorsatz tragn, daß i an End mach. Liab is mir des Dirndl nia gwesn und seit a gwißn Zeit kann i 's vollends nimmer leidn.«

Jetzt erst begann Itta zu begreifen, was eigentlich geschehen. Sie schaute fast furchtsam auf in sein ruhig lächelndes Gesicht.

»Du hast dich also ztragn mit ihr?«

»I net. I hab ihr nur ganz gmütlich abgsagt. Wenn sie sich ärgern will, – mir liegt nix dran.«

Da sie nichts mehr erwiderte und, wie er vermeinte, teilnahmslos auf das Feuer blickte, begann er von anderem zu sprechen.

»Hast du denn doch von der Burgl furtkinna heut?« fragte er.

»I hätt mir's net verlangt. Aber in dem Glaubn, es möcht mi's Dahoambleibn hart ankemma, hat sie nimmer zu penzn aufghört, bis i mit der kloan Dirn auf'n Sölling gstiegn bin. Die Große wacht derweil bei ihr.«

»Da hat d' Burgl auch recht ghabt. Es wär doch schad, wenn man in der Sunnawendnacht in der finstern Stubn sitzn müaßt. Schau nur umeinand, was das für a Pracht is! Soviel Berg, soviel Feuer, dazu des Singa und Juhetzn, des Holzbäum. und Bachrauschn und drüber der dunklblau Himmel mit seine Stern. Lacht dir des net auch ins Herz, Itta?«

»Es is wunderschön«, bestätigte sie. »I möcht die ganz Nacht so dastehn und schaun. Nur schad, daß es so bald an End nimmt.«

Er blickte eine Weile sinnend auf die plaudernd vorbeiziehenden Mädchen und dann wieder auf Itta, die ihm heute besonders eigenartig und so ganz anders vorkam als jene.

»I glaub net«, sagte er, »daß unter all denen oane wär, die sich gfreun kunnt, wenn s' so alloa stand wie du. Sie müassn jemandn habn, mit dem s' lacha und scherzn können, während du neamdn brauchst.«

»Du magst wohl auch net lustig sein ohne Gsellschaft?« fragte sie lächelnd.

»Net gern. In der Einsamkeit kemman mir fast lauter traurige Gedanka.«

»Des is bei mir meistns grad so. Aber heut – und dazu bin i ja gar net alloa.«

»Ja, jetzt freilich, jetzt sand uns zwoa«, lachte er.

»Drei, denn der Baum in der Mitt, der zählt auch mit.«

Gottfried bemerkte jetzt erst, daß sich Itta ziemlich weit von ihm entfernt hatte und auf der linken Seite der Fichte stand. Diese offenbare Flucht ärgerte ihn, doch kam er nicht dazu, es sie in Worten fühlen zu lassen. Wie sie so dort stand, die schöne Mädchengestalt, umspielt von dem roten Widerschein der Flammen, bannte sie unwiderstehlich seinen Blick. Und als sie ihm endlich freundlich zulachte, verwandelten sich Ärger und Bewunderung in eine Art Wehmut darüber, daß sie nicht an seiner Seite blieb und mit ihm vertraulich redete, wie er es anfangs erhofft hatte.

»Warum gehst mir denn davon?« fragte er.

»I tua's ja net, Gottfried.«

»Freilich tuast du's. Du kunnst dich doch zu mir hersitzn und mehr schwatzn mit mir. Scheuchst mich vielleicht?«

»Dich net.«

»Mich net? Aber wen denn sunst?«

»D' Leut, Gottfried. Gehn wir lieber ans Feuer hin, es is jetzt so lustig dort.«

Er machte keine Einwendung und folgte ihr, zog aber die Stirne kraus, als sie sich zu einigen jungen Leuten gesellte, die sich laut lärmend unterhielten. Es befanden sich die Mädchen von Roßberg dabei, die vermutlich mit der Greininger Resie gekommen waren.

Itta beachtete nicht, daß man sie anfänglich ein wenig von der Seite ansah und ungeniert stellte sie sich in die Mitte der Gesellschaft. Als ob sie Gottfried zeigen wollte, daß sie wohl eine Rolle spielen könnte, wenn sie nur Lust dazu hätte, begann sie mit einer an ihr seltenen Munterkeit in die Unterhaltung einzugreifen. Dabei vergab sie der ihr eigenen Würde nicht das mindeste. Diese flößte Respekt ein, ihr anmutiges frohes Lachen riß unwillkürlich hin und ehe drei Minuten verflossen waren, konnte Gottfried sehen, wie sich die Schar von ihr den Ton angeben und nach Belieben lenken ließ.

»Wißt's, Leut«, sagte sie unter anderem, »daß unser Sunnawend trotz dem Gelärm eigentlich recht tot is. Es ghört noch was drunter.

's Tanzn geht freilich net, weil der Sölling z'holperig is, aber es war vielleicht net amal übel, wenn wir wia kloane Kinder 's Umtreibn anfangen tatn.«

»O ja, da bin i schon dabei!« rief eine junge Dirn. »Tanzen wir den blaua Fingerhuat!«

Alle lächelten über diesen Vorschlag, zeigten sich indessen doch bereit, darauf einzugehen.

Im Nu bildete sich ein Kreis, und die Frage ging, wer sich in seine Mitte stellen wollte. Itta lehnte ab, die junge Dirne aber erbot sich mit Vergnügen dazu.

Burschen und Mädchen faßten sich an der Hand, zogen rund um sie herum und leierten in etwas schulmäßigem Tone:

> »Blauer, blauer Fingerhut
> Steht der Jungfrau gar so gut.
> Jungfrau, Jungfrau, tanz'
> Einen schönen Kranz.
> Lämmlein, Lämmlein, knie dich nieder,
> Knie zu unseren Füßen nieder.
> Lämmlein, Lämmlein, steh auf
> Und such dir den schönsten Bräutigam raus.«

Hier kniete das Mädchen nieder, erhob sich wieder und sprach:

> »Grünes, grünes Gras
> Unter meinen Füßen,
> Welcher mir der Liebste ist,
> Diesen werd ich küssen.«

Ohne sich lange zu besinnen, trat sie auf Gottfried zu und schlug ihn statt des Kusses leicht auf die Hand, worauf er sich in den Kreis stellen mußte.

Das Spiel wiederholte sich in gleicher Weise, nur daß die Benennungen entsprechend geändert wurden. Als er zum Schluß sein Verschen gesprochen hatte, stand er einige Sekunden zögernd still. Dann wandte er sich mit plötzlichem Ruck zu der hinter ihm stehenden Itta, faßte ihren Kopf in beide Hände und küßte sie.

Itta wurde purpurrot, ihre Lippen preßten sich fest aufeinander. Sie wollte ein scherzendes Wort sprechen, verstummte aber vor dem in diesem Augenblick ertönenden spöttischen Gelächter, das sie zusammenfahren machte.

Alle Blicke wandten sich nach der Stelle, von der das Lachen gekommen war. Dort stand die Greininger Resie, ein Bild höhnischer Entrüstung.

»Ha ha ha!« lachte sie noch einmal. »Des is guat gwesn! Bei so was wird die stolze, böhmische Itta auch lebendig und lustig. Schad, daß wir hoam müaßn, es wär zu schön. Kommts, Dirndln!«

Die Mädchen aus Roßberg verließen den Kreis und folgten ihr, die übrigen drangen auf die Fortsetzung des Spieles. Da weder Itta noch Gottfried mehr davon wissen wollten, so behalf man sich ohne die beiden, die sich langsam entfernten.

»Was die für a Wuat hat«, bemerkte Gottfried mit schadenfroher Miene; »'s Herz im Leib lacht mir, wenn i an ihr Gsicht denk.«

»Mir net«, entgegnete Itta heftig. »Du sollst es auch net tan habn, des, es wärn ja so viel Dirndln rundumher gstandn.«

»Du bist mir halt die Liabste drunter«, meinte er.

Sie kehrten schweigend zu der Fichte zurück. Gottfried ließ sich auf den moosigen Rasen nieder und beobachtete anscheinend mit großer Aufmerksamkeit, was um das Feuer vorging.

»Schau, jetzt fangt der Kinö zum brenna an!« rief er endlich.

»Ja, – gehn wir hoam, Gottfried. Oder willst vielleicht noch dableibn? – Dann hol i mir die kloa Dirn –«

»Du bleibst auch da und sitzst dich zu mir her«, unterbrach er sie bestimmend. »Hat dich denn die Resie so stark beleidigt, daß dir an allm d' Freud verdorbn is?«

Itta warf den Kopf in den Nacken und sagte stolz:

»Na, die kann mi net beleidinga.«

»Das denk i mir halt auch, Itta. Drum sei a bißl freundlich und sitz dich nieder. Wenn der Kinö gfalln is, gehn wir miteinander.«

Er haschte nach ihrer Hand und zog sie an seine Seite.

»Mir is's so zwider da, alloa«, sagte sie im Tone der Verzagtheit.

»Zwider, bei mir? – Das hätt i net glaubt. Kannst mi denn net leidn?«

»Schon, – aber es is wegn den Leutn.«

»Die geht's nix an. I bin neamdn unterworfen und du auch net. Im Vertraun gredt: i veracht s' alle, die da umeinander laufen.«

»Und es ist dir doch von jeher alles an ihrer Meinung gelegen«, dachte sie bitter.

»I paß auf koan Menschn mehr auf«, fuhr er, bei der Erinnerung an den vorhergegangenen Auftritt zornig werdend, fort. »Was i tua, das tua i; wer sich darüber aufregt, den schlag i nieder und den, der dich nochmal beleidigt, auch.« Im Augenblick wieder ruhig, schaute er ihr fast zärtlich in das ernste, stolze Gesicht.

»Warum bist denn so verdroßn?«

Sie zuckte, sich abwendend, die Schultern.

»Gfreut's dich denn gar net a weng, daß i mit der andern an End gmacht hab, Itta?«

»Du moanst wohl, weil wir zwoa uns net leidn kinnen?« mißverstand sie ihn absichtlich.

»Na – auch so. Ist's dir denn net liab? Sag mir's aufrichtig.«

Sie sagte gar nichts und drückte die Hände vor das Gesicht.

»Es wird dir so liab sein, wie es mir gwesn is, daß du den Doktor net mögn hast. I woaß's schon. – Laß dir jetzt ins Gsicht schaun.«

Da sie sich nicht rührte, legte er seinen Arm um ihren Hals und zwang sie so, zu ihm aufzusehen.

»I hab dich ja so gern, Itta, so gern – glaubst mir's denn net?« brach er dann plötzlich aus. »Und du, du hast mich auch gern, gelt? – Sei net stolz jetzt, vergiß die vergangene Zeit und sag mir's, ob dir so is, wie mir.«

»Du woaßt es ja ohnehin, Gottfried.«

Mit einem Jubelruf sprang er auf, zog sie an sich und küßte sie.

»Gott sei Dank! – Jetzt können wir erst hoamgehn, denn des ist's ja gwesn, worauf i noch gwart hab die ganze Weil.«

Sie blickten sich stumm und selig an. In beider Herzen lebte in dieser Minute nur der eine Gedanke, daß sie von Gott dafür geschaffen wären, miteinander zu leben und zu fühlen.

Der König war gefallen. Die Leute machten sich auf den Heimweg, und den letzten schloß sich das junge Paar an.

Als Gottfried vor dem Tor des Reutbauernhofes Abschied genommen hatte, blieb Itta noch lange stehen und blickte hinaus in die dunkle Ferne. Nur hie und da flackerte noch ein Feuer auf, um im nächsten Augenblick zu verlöschen. Die Sterne aber leuchteten, die Blumen dufteten und die Waise aus dem Elend war zum ersten Mal in ihrem Leben glücklich, glücklich aus ganzer Seele.

8. Kapitel

»I bin alt und abgschlagn, Bua. Nimmer lang dauerts, so fahr i deiner Muattern nach. Freudn blüahn mir weng mehr, warum verdirbst mir denn die letzt, die i noch hab?«

Der alte Reutbauer sprach dies zu seinem finster dreinschauenden Sohn, als sie am Tag nach der Sonnenwende vom Feld heimkehrten.

»I will dir ja koa Freud verderbn, Alter«, setzte Gottfried grollend dagegen. »Vielleicht bhüat i dich sogar vor Verdruß und Unfriedn, denn d'Resie is alles eher als an Engel. Du derfst mir des glaubn. Und nochamal« – hier verstieg sich seine Stimme zu ungewöhnlicher Höhe, – »nochamal sag i dir's: Die Itta wird Reutbäuerin, so gwiß, als es mir ganz gleich is, ob du dei Zustimmung gibts oder net.«

»Na, i gibs net, i gibs net«, nickte der Reutbauer mit dem heftigen Eigensinn des Alters. »Die Böhmin wird mei Schwiegertochter in alle Ewigkeit net.«

»Wia gsagt, mir ist's gleich, ob du ja oder na sagst. Oder glaubst, a Mann wia i laßt sich noch hott- und hüfahrn. Du woaßt selber am bestn, daß i des Ochsn-ABC schon längst vergeßn hab.«

»Ja, weilst es ohnehin nia glernt hast, weilst dein Lebtag so a hirtnackiger Stierschädl gwesn bist!« zeterte der Alte. »Aber gwißt wenn i's hätt, was i noch derlebn müaßt, i hätt die Böhmin, die doppelte Böhmin, koan Tag in mein Haus geduldt. De Schand, Bua, wenns hoaßt: Die Reutbäuerin, seit alter Zeit des erst Weib in der Gemeinde, is jetzt a Böhmin!«

In Gottfried begann es zu kochen. Bei anderen Streitigkeiten mit seinem Vater hatte er gewöhnlich die Achseln gezuckt und dann seinen eigenen Willen walten lassen. Heute jedoch, wo es sich um Itta handelte, erregte ihn jedes Wort des Widerspruchs, besonders aber das letzte.

»Hoaß sie mir koa Böhmin mehr!« rief er bleich vor Zorn. »I bin schon so voll davon, daß i's nimmer hörn kann.«

»Du wirst es trotzdem noch oft gnuag hörn müaßn, wenn net von mir, so doch von andern Leutn. I – ja, i bin schon stad, von heut an bis i ins Grab geh.«

»Sie kann ja nix dafür, Vater, des muaßt selber sagn«, lenkte nun der Bursche ruhiger ein. »Und ist's denn wirklich das Schlechteste, was man ihr vürwirft?«

Der Alte sann ein wenig nach und plötzlich blitzte es schlau in seinen kleinen, eingesunkenen Augen auf.

»Koa Verbrecha is net, Bua, des is wahr«, antwortete er. »Aber, – du woaßt, daß es nia rauskemma is, wem sie eigentlich anghört: ob an rechtschaffen Mensch oder an Dieb und Totschläger. Wanns nun auf oamal lautmärig würd, daß des Weib, das d' dir gnumma hast, die Tochter von an solchen Schuft wär, was tatst dann sagn? Rein is die ganz Gschicht net, die hinter ihr steckt, des gibt ein'm der dumm Verstand ein. Und nahmst du, gsetzt den Fall, daß sich mei Ahnung bewahrheitet, – nähmst du die Itta trotzdem?«

»I – i, – daran han i noch nia denkt; i glaub kaum, aber koa andere auch net.«

Der Reutbauer atmete auf. Er hatte erreicht, was er gewollt, hatte Zweifel und Unentschlossenheit in die Seele des Sohnes gesät. Daran mußte er eine gute Weile zu kauen haben und war Zeit gewonnen, so war mehr, vielleicht alles gewonnen.

»So überleg dir's halt noch amal guat«, mahnte er noch in väterlichem Ton und trabte dann schweigend neben dem Burschen her.

An der Wegbiegung hinter dem Hof blieben beide mit Ausrufen der Verwunderung stehen.

Nicht weit von ihnen, im Schatten zweier Obstbäume, lag eine männliche Gestalt, gekleidet wie die des verlorenen Sohnes in der Bibel. Unter dem über das Gesicht gestülpten durchlöcherten Hut quoll ein langer, weißer Bart hervor; die mächtigen, schmutzigen Fäuste ruhten rechts und links daneben und vor den mit halb sohlenlosen Schuhen bedeckten Füßen lag ein zerrissener, dünnbauchiger Wandersack.

»A bsuffener Handwerksbursch«, sagte Gottfried stirnrunzelnd. »Bleib stehn, Alter, i hilf ihm auf d' Füaß.«

Er trat zu dem Manne hin, faßte ihn ziemlich unsanft an den Schultern und befahl ihm, sich zu erheben. Dabei flog der Hut ins Gras und es zeigte sich ein fahles, runzliges Gesicht, das der weiße Bart zur Hälfte verdeckte.

Mit dem Wort: »Weg, laß mich!« entfloh ein widerlicher Branntweingeruch dem offenen Mund, dann ein krankhaftes Ächzen.

»Warum lassen Sie mich nicht hier?« frug er endlich mit heiserer, lallender Stimme.

»Weilst auf der Straß net liegn bleibn sollst, alter Lump«, antwortete Gottfried und wieder versuchte er, ihn an den Schultern empor zu ziehen.

Da der Mann sich nicht wehrte, sondern selbst mithalf, soweit es seine schwachen Kräfte gestatteten, gelang es ihm bald, ihn auf die Beine zu bringen. Er schwankte indessen noch so bedenklich, daß Gottfried ihn halten mußte.

»Warum saufst denn so viel, wenn du's net tragn kannst?« f ragte er.

»O ich bin krank, krank!« ächzte der lange, dürre Mensch. »Ich kann nicht mehr weiter. – Viel Saufen? – Ja, ich hab's getan, täglich, stündlich. Jetzt bin ich marsch, bin wieder da. – Aber wo denn eigentlich?«

Hier öffnete er die Augen weit und fuhr sich mit der Hand durch den struppigen Bart.

»Im Kaltwasser. Wo willst denn aus?«

»Nach Kaltwasser. – Ist's das? – Gut, so bin ich am Ziel.«

Er kam allmählich zur vollen Besinnung und damit auch mehr zu Kräften.

»Ich suche den Reutbauernhof, können Sie mich nicht hinführen?« sagte er.

Gottfried erklärte ihm, daß er ohnehin am richtigen Orte sei und also gleich sein Anliegen vorbringen könne.

Der Fremde erschrak, sein Gesicht nahm einen mißtrauischen, verschlossenen Ausdruck an.

»Ich wollte zu einer gewissen Frau Hiller, die da wohnen soll. Hätte mit ihr zu reden, ihr eine Nachricht zu bringen.«

»So geh mit«, befahl Gottfried, nun ebenfalls mißtrauisch werdend. »Du kannst derweil in's Haus gehn, Vater, und der Itta sagn, daß sie mit dem Eßn net auf mich wartn soll«, wandte er sich dann an den Alten, der sich etwas unzufrieden entfernte.

Er führte den Fremden in Burgls Wohnung. Dieser blieb vor der Tür stehen und fragte mit zitternder Stimme: »Nicht wahr, die Frau wohnt zu zweien, wohnt mit einer Pflegetochter hier?«

»Ja.«

»Wie heißt sie?«

»Itta.«

»It – ta – gerade wie – – Gott steh mir bei!«

Burgl saß in ihrem Lehnstuhl am Fenster, bis über die Schultern in Decken eingehüllt. Sie blickte zusammenfahrend auf, als Gottfried den wankenden zerlumpten Greis vor sie hinschob und tat, ohne selbst eigentlich zu wissen warum, einen leisen Schrei.

»Wer is denn des? Mein Gott, was will der?«

Der Greis schaute mit unschlüssiger Angst auf Gottfried, erhob dann die Hände und sank im nächsten Augenblick zu Füßen der Kranken nieder.

»Frau Hiller, o Frau Hiller!« stöhnte er. »Gott hat mich gerichtet und vernichtet. Du aber bist seit vielen Jahren barmherzig gewesen gegen mich, so sei es auch heute.«

Er wimmerte wie ein kleines Kind; Burgl saß wie zu Stein erstarrt und Gottfried blickte halb verächtlich, halb neugierig auf das sonderbare Bild.

»Mach an End, Mensch!« rief er endlich unwillig. »Du siehst ja, daß sie krank is.«

»Auch ich, auch ich! stöhnte der Alte von neuem. »Ich bin ein halbtoter Mann. Und ich mag nicht abfahren, ehe ich meine Schuld gebeichtet habe, ehe ich dir gesagt habe, daß ich der Mörder deines

Gatten bin. – Ja, ich, der Andreas Lichtenberger vom Elend, der frühere Schwärzer bin es.«

Nie in seinem Leben vergaß Gottfried den Ausdruck des Ekels und Entsetzens, mit dem die todbleiche, kranke Burgl auf den sich vor ihr Krümmenden niedersah.

»So mach fort, mach fort!« stieß sie hervor, wurde aber nicht verstanden.

»Verzeih mir«, rief der Alte wieder, »o verzeih mir! O, um meines Kindes, – um des Mädchens willen, das du wie ein heiliger Schutzengel zu dir genommen hast. Itta –«

»Allmächtiger, auch das noch!« schrie Burgl auf. Dann sank sie wie tot zurück.

Auch Gottfried war leichenblaß geworden. Er sprang auf den Alten zu, faßte ihn am Rock, der, ohnehin schon mürbe, unter seinem Griff mitten entzwei riß und donnerte ihn an:

»Sag's noch amal, du – Mörder, daß d' Itta dei Tochter is! Sag 's noch amal!«

»Sie ist's«, flüsterte der Unglückliche, sich erhebend. »Mein Weib hieß auch Itta, Itta Lichtenberger.« Hier richtete er sich vollends auf. »Als ich nach Amerika ging, war das Kind noch nicht geboren. Mein Weib aber schrieb mir nachher mehrere Briefe und als sie gestorben war, übernahm es die Botenfrau von Kuschwarda, mich von allem zu benachrichtigen. So erfuhr ich, daß die kleine Itta auf dem Reutbauernhofe hier eine Heimat gefunden und daß es ihr wohl ging. Und ich – ich war ein Lump, blieb es bis heute. – Nun laßt mich hinaus!«

Er tappte sich nach der Tür, blieb aber dort wieder stehen und sagte in herzbewegendem Tone:

»Nur einmal, ein einziges Mal möcht ich mein Kind sehen.«

Gottfried stand noch unschlüssig, ob er Itta holen sollte oder nicht, als sie plötzlich von selbst erschien und mit dem Ruf:

»Muatter, Muatter, was habn s' dir denn getan?« auf die Ohnmächtige zueilte. »Gottfried, um Gotts willn, sag mir, was gschehn is!« flehte sie, ratlos um sich blickend.

Der Bursche zitterte zum ersten Mal in seinem Leben. Sollte er, der sie, das fühlte er in diesem Augenblick nur zu deutlich, fast wahnsinnig liebte, – sollte er ihr selbst das Schreckliche mitteilen?

Es ging nicht anders. In kurzen, hart hervorgestoßenen Sätzen klärte er sie über die Sachlage auf.

Der Greis trat herzu und wollte niedersinkend ihre Kniee umfassen, da wich sie mit einem lauten Schrei zurück.

»Mein Gott, es is net möglich, mein Vater is tot!« rief sie entsetzt. »Gottfried, hilf du mir!«

»Dein Vater ist's Itta. Es gibt koan Zweifel mehr.«

»So möcht i am liebstn grad auf der Stell sterbn«, sagte sie, laut weinend auf den Sessel neben Burgl niedersinkend.

Diese erwachte und sah scheu um sich.

»Is er schon furt, Gottfried? – Nein? – O Herrgott, so werfts ihn naus, i kann 's nimmer aushaltn! – Der Itta ihr Vater! Ha, ha, ihr Vater, und i hab sie so gern ghabt wie mein eigen Kind.«

Itta stand wieder auf. Über ihr bleiches, verstörtes Gesicht rannen schwere Tränen. Doch mit erzwungener Ruhe trat sie zu Burgl, faßte ihre magere, kalte Hand und fragte:

»Hast mi denn jetzt nimmer gern, Muatter? Kann i was dafür, daß der dort, – mei Vater, der Mörder von dein Mann is?«

»Na net. – Aber sag ihm's daß er geht.«

Der unglückliche Alte schritt mit halbunterdrücktem Schluchzen der Türe zu, die sich alsbald hinter ihm schloß.

Einige Sekunden lang bedeckte Itta ihre Augen mit der Hand. Als sie diese wieder sinken ließ, schien der Ausdruck ihres Gesichts, sie selbst eine andere geworden.

»Na, o schlecht bin i net!« rief sie mit fester, doch sanfter Stimme. »Er is mei Vater und i ghör von Rechtswegn zu ihm. I geh auch mit ihm, denn er ist alt und, soviel i kenn, auch sterbenskrank. Verzeihst du dann ihm und mir, Muatter?«

»Dir han i nix zu verzeihn, Itta.«

»Und bei ihm willst net? – O, so denk dran, was unser Herrgott gsagt hat, denk auch dran, daß du vielleicht selber bald sterbn muaßt.« Hier brach sie wieder in Tränen aus. »Muatter, liebe Muatter, sei net so hartherzig, gib mir, statt ihm, d' Händ! – Und tausend Dank für alles, was d' an mir tan hast. Bhüat dich Gott!«

»Du willst fort?« schrie Burgl auf. »Fort, jetzt wo i krank und verlaßn bin, wo i neamd sunst hab, als dich? Und da magst du von an Dank redn?«

Itta kämpfte einen furchtbaren Kampf. Sollte sie wirklich gehen von allem, was ihr lieb und teuer war, von Burgl, der sie Dankbarkeit bis an ihr Lebensende schuldete, von Gottfried, an dem ihr Herz mit allen Fasern hing? Sollte sie gehen um eines alten, verlotterten Vagabunden willen, der nicht den geringsten Anspruch auf ein solches Opfer hatte? – Nein, sie konnte es nicht, sie haßte den Menschen, der sich wie ein böser Geist in das Haus geschlichen und ihr ganzes Glück zerstört hatte. Doch – »er ist dein Vater«, klang es ihr wieder im Ohr. »Er ist ein Unglücklicher, der sich vielleicht im nächsten Augenblick das Leben nehmen wird, das du ihm durch ein gutes Wort, durch einen Blick der Liebe hättest erhalten können.«

»Gottfried, so hilf du mir!« rief sie endlich verzagt. »Gottfried, was soll i tun?«

Als sie sich nach ihm umsah, war er verschwunden.

9. Kapitel

Sonst, wenn die Bewohner von Kaltwasser an dem Reutbauernhof vorbeigegangen waren, hatten sie respektvolle und mitunter auch neidische Blicke auf die stattlichen Gebäulichkeiten, auf die ausgedehnten Gärten geworfen. Heute war es der unverkennbare Ausdruck der Scheu und der Neugierde, der auf den Gesichtern all der hin- und herwandelnden Großen und Kleinen lag.

Vor den Nachbarshäusern gab es unverabredete Zusammenkünfte zwischen klatschsüchtigen Weibern, auf den Feldern trugen sich Bauern und Knechte von allen Seiten die Tabakgläser zu, um bei einer Prise von den vergangenen und bevorstehenden Ereignissen zu plaudern. Die Dienstboten des Reutbauern selbst waren noch nie von jedermann so freundlich gegrüßt worden, wie in den letzten Tagen. Sie ahnten wohl, weshalb und hüteten sich, mehr zu sagen, als was sie gefragt wurden und als sie wußten. Letzteres war die Geschichte vom Tag nach der Sonnenwende in folgender Form:

Gottfried hatte einen alten Handwerksburschen aus unbekannten Gründen zu Burgl geführt. Diese kam mit beiden und später auch mit Itta aus ebenfalls unbekannten Gründen in Streit, worauf der Fremde davonlief, um außerhalb des Dorfes von dem jungen Reutbauern wieder eingefangen und nach dem Hof zurücktransportiert zu werden, wo er nun krank darniederlag. Durch die Aufregung hatte sich Burgls Zustand so sehr verschlimmert, daß man alle Stunden ihre Auflösung befürchtete. Der Doktor kam kaum mehr aus dem Hause und der Pfarrer hatte ihr schon die letzte Ölung gespendet.

Wie gesagt, war das nur die nackte Geschichte. Für Zusätze und Aufbauschungen sorgten schon die Leute, deren Phantasie in solchen Fällen bekanntlich einen gar üppigen Schwung zu nehmen pflegt. Man brannte vor Begierde, zu erfahren, was es mit dem Fremden eigentlich für eine Bewandtnis habe und was Itta nach Burgls Tod wohl beginnen würde. Das bezweifelte niemand, daß Burgl ihrer Pflegetochter von ihrem wahrscheinlich sehr ansehnlichen Vermögen einen kleinen Teil gesichert hatte, aber sie war dessen ungeachtet darauf angewiesen, sich in Zukunft selbst den Weg durch das Leben zu suchen. Wenn anders sie ein Gefühl für Schick und Anstand besaß, mußte sie wissen, daß dann auf dem Reutbauernhof ihres Bleibens nicht länger war.

Ja, Itta wußte es. Sie wußte es auch, daß das Glück, in dem sie kurze Zeit geschwelgt, nur ein schöner Traum gewesen, daß es unwiederbringlich dahin war. Sie las es in Gottfrieds scheuer, verstörter Miene, und Burgls bleiches, eingefallenes Gesicht sagte ihr kurze Dauer der gegenwärtigen, völlig unerträglichen Verhältnisse voraus.

Sie weinte, noch klagte sie nicht. Eine ihr selbst unbegreifliche Starrheit und Gefühllosigkeit war über sie gekommen. Mit sicherer Ruhe hantierte sie an den beiden Krankenlagern und nahm endlich des Doktors Mitteilung, daß Burgls letzte Stunde geschlagen habe, entgegen, ohne eine Miene zu verziehen.

Nachdem sie die Kerzen angezündet und ein Sterbegebet gesprochen hatte, setzte sie sich an das Bett der Scheidenden.

Diese hatte keinen schweren Kampf zu bestehen. Ruhig und still, wie sie gelebt, starb sie und ihr letzter Blick glitt mit versöhntem Ausdruck von dem Mädchen nach der Tür.

Itta verstand, was sie sagen wollte.

Der Doktor verabschiedete sich. An der Tür aber kehrte er noch einmal um, faßte des Mädchens beide Hände und sagte mit bebender Stimme:

»Ich weiß, daß ich Sie nicht zu trösten vermag. Doch glauben Sie mir, Ihr Schmerz ist der meine und ich gehe mit blutendem Herzen. Das möchte ich Ihnen aber noch sagen, daß Sie sich nie verlassen fühlen dürfen, indem Sie an mir stets einen treuen Freund haben. Wenn Sie etwas bedrückt, und ich kann trösten, helfen, dann gedenken Sie meiner und wenn Sie es einstens über sich vermögen, einen Mann, der es gut und redlich meint, glücklich zu machen, dann kommen Sie.«

Ohne eine Antwort abzuwarten, ging er und Itta nahm schweigend ihren Platz am Bett der Toten wieder ein.

*

Die Beerdigungsfeierlichkeiten waren gegen Mittag zu Ende.

Itta, die bei der Einsegnung der Leiche am Grabe ohnmächtig zusammengebrochen war, hatte nach dem Einkehrwirtshaus geschafft werden müssen, wo sie sich unter der Pflege der Wirtin langsam erholte.

Die Leute erschienen nun zur Totensuppe und füllten die Stuben mit ihrem bei solcher Gelegenheit abstoßend wirkenden lustigen Gelärm. Einige drängten sich zur Bezeugung des Beileids an den Verwandtentisch, wurden aber von Gottfried schroff zurückgewiesen. Er war zornig auf Burgl, die zu so ungelegener Zeit sterben mußte, auf den Alten, der mit lächerlicher Würde von Tisch zu Tisch ging und seiner Geschwätzigkeit freien Lauf ließ und auf Itta, die ihm mit ihrer schwarzen Kleidung, dem todblassen Gesicht und dem starren Wesen ein lebendiger Vorwurf schien. Er war zornig auf sich selbst und auf die ganze Welt. Hätte es die Sitte erlaubt, so wäre er sofort nach Hause gestürmt, um nichts mehr zu hören und zu sehen. Auch Itta war von dem gleichen brennenden Wunsche beseelt und mit flehendem Blick wandte sie sich an den finsteren Burschen:

»Laß mi hoamgehn, i kann's nimmer aushaltn.«

»Na, du bleibst da. Wenn 's Testament verlesn is, kannst meinetwegn tuan, was d' willst.«

»Aber i verlang mir ja ohnehin nix, i nimm net des Gringste an«, erwiderte sie gepreßt. »Laß mi gehn, Gottfried, jetzt kann i am bestn und ohne Aufsehn mei Sach z'sammpacken und mit dem Vater abroasn.«

Er fuhr auf, wie von einer Wespe gestochen. Als er sah, daß er von allen Seiten beobachtet wurde, bezwang er sich gewaltsam und sagte mit gedämpfter Stimme:

»Wennst mi net narrisch machn willst, Itta, aft red mir nimmer von dem! Es is so stockdumm, daß du positiv vom Reutbauernhof furtmöchst. Erstns is dei Vater krank und kann net auf; zweitens wär's an ewige Schand für uns, wenn 's hoaßn tat, wir – i hab dich vertriebn; drittns ist's, wia i von der Burgl woaß, grichtlich bstimmt, daß du im Hinterhaus bleibst. Und dann – glaubst etwa, i leidets, daß du net nahmst, was dir vermacht is? – Na – liaber – liaber bring i di um.«

Itta konnte sich trotz ihrer Seelenqual eines leisen Lächelns nicht erwehren. Sie sah, wie sich unter dem Tisch seine Fäuste ballten, wie sich sein ganzer Körper bog unter der inneren Wut – und sie wagte es nicht mehr, ihm zu widersprechen.

Am Nachmittag erschien der Notar mit den Zeugen. Die nächsten Verwandten der Verstorbenen, mit den beiden Reutbauern und Itta sechs an der Zahl, mußten sich in ein besonderes Zimmer verfügen, in dem das Testament eröffnet wurde.

Burgl hatte sie sämtlich bedacht, freilich in wenig zufriedenstellender Weise, denn der Hauptteil ihres Vermögens, dessen Umfang alle Erwartungen weit übertraf, fiel auf ihre Pflegetochter Itta.

Diese Bestimmung rief einen Sturm der Entrüstung hervor. Laut und leise wurde über die Böhmin losgezogen, die, wenn nicht gerade allen, so doch den Nächstberechtigten, wie Gottfried und einer Tante Burgls, der alten Herrnbäuerin, das Erbe vor der Nase weggestohlen. Diese, eine trotz ihrer siebzig Jahre noch ziemlich rüstige Witwe, saß in unerschütterter Ruhe neben den Schmähern und machte ein seelenvergnügtes Gesicht, als man ihr, – sie litt an Schwerhörigkeit, – ins Ohr schrie, daß sie mit lumpigen tausend Gulden abgefertigt worden wäre.

»Des is mir gnuag«, sagte sie lächelnd. »I vergönn enk's von Herzn, was 's mehr habts.«

»Wir mehr?« lautete die giftige Erwiderung eines jungen Weibes. »Nix habn wir im Vergleich zu der Böhmin! Alle, der Reutbauer und der Gottfried können durch d' Fingern schaun auf sie!«

»So, so, die Itta? Na, sie kann's auch braucha, die arm Dingin. I will ihr aber glei Glück wünschn!«

Um dem Worte die Tat folgen zu lassen, erhob sie sich, konnte aber das Mädchen nirgends mehr entdecken.

Es saß im dunkelsten Winkel einer Nebenstube, fassungslos schluchzend vor Beschämung und Schmerz. Gottfried stand dabei und bot alles auf, die arme Erbin zu beruhigen, ihr klar zu machen, wie es ein großes Glück für ihn sei, daß es so gekommen. Er sagte, daß ihn nur die Furcht, sie möchte schlecht bedacht worden sein, heute so rabiat gemacht habe und daß er jetzt vollauf zufrieden wäre. Doch das setzte er nicht hinzu, was sie mit Qual ersehnte: die Versicherung von der Fortdauer seiner Liebe. Er mochte die Tochter eines Mörders nicht zum Weibe haben. Aber sie wollte darum auch nicht die Erbin Burgls sein, aus deren Herzen sie Gottfried einst verdrängt; sie wollte fliehen mit ihrem Vater, wollte hingehen, von wo sie hergekommen: Aus dem Elend ins Elend. Und niemand sollte sie mehr finden.

Diesem Entschluß, der sie aufrichtete und kräftigte, stellte sich indessen noch am nämlichen Tage ein unübersteigliches Hindernis entgegen. Der alte Lichtenberger war kränker geworden und vermochte es nicht einmal mehr, sich im Bett aufzurichten.

»Sie haben die letzten zwei Wochen von neuem durchzumachen, Itta«, bemerkte der Arzt bedeutungsvoll.

»So wird er sterbn?«

»Ja. Schwere Arbeit, Sorgen und eine ungesunde Lebensweise haben ihn zugrunde gerichtet. Armes Mädchen, wann werden Sie endlich aus den schweren Prüfungen herauskommen?«

»Es is des ja koa neus Unglück für mich«, sagte Itta ruhig. »Aber i will ihm die Liab, die i net habn kann für ihn, nach Kräftn ersetzn, will ihm alls tuan bis zu sein'm letztn Augnblick.«

Sie hielt treulich Wort.

Stundenlang saß sie am Bett des Kranken, ließ sich von seinem Leben und Leiden erzählen und tat alles, was ihn erheitern, was seine seelischen und körperlichen Schmerzen lindern konnte.

Und niemand außer dem Doktor wußte und erfuhr je, wer er war, dem sie sich mit solcher Geduld und Hingebung widmete und von dem zu sprechen Gottfried so ängstlich vermied.

Andreas Lichtenberger starb drei Wochen nach Burgls Beerdigung.

Es war, als hätte sich der nimmerruhende Sensenmann vorgenommen, erst den Reutbauernhof gründlich zu räumen, ehe er sich anderswo nach Opfern umsehen wollte, denn im Herbst legte er auch Gottfrieds Vater auf die Totenbank.

Nun gab Itta jeden Gedanken an eine Flucht auf. Sie sah Gottfried vereinsamt und leidend und wußte wohl, daß er alles eher als Gutes beginnen würde, wenn sie ihn verließ. Seine Neigung zum Lotterleben trat in letzter Zeit ohnehin schon bedenklich zu Tage. Er war öfter im Wirtshaus als daheim zu finden und kam er endlich, dann zeigte er sich so unwirsch, verdrossen und erregbar, wie nie vorher.

Itta erfüllte unbeirrt ihre Pflicht als Hausfrau. Trotz aller Umsicht konnte sie aber nicht verhindern, daß die Wirtschaft mehr und mehr den Krebsgang ging, daß sich schließlich alle Ordnung im Hause auflöste. Die Dienstboten taten, was ihnen beliebte, stritten auch wohl um das Vorrecht, zu befehlen und lehnten sich gegen Itta auf, die, wie sie meinten, keine Befugnis hatte, hier Herrin zu spielen. Die jüngste Magd warf ihr sogar eines Tages in frechen Ausdrücken vor, daß sie es darauf abgesehen habe, Reutbäuerin zu werden. Sie müsse sich schämen vor den Leuten, die sie alle längst durchschaut.

Itta war wie vernichtet.

Was hatte sie verbrochen, daß man all ihrem Tun jederzeit nur Eigennutz unterschob? Wodurch hatte sie verdient, daß sie nie und nirgends Liebe und Frieden finden konnte? Oder war es wirklich unstatthaft, daß sie blieb?

Sie beschloß, jemanden um Rat zu fragen. Aber wen?

»Die Nachbarn würden mich verhöhnen«, dachte sie, »würden überhaupt kein Verständnis haben dafür, daß ich eine Schuld auf mich laden kann, wenn ich Gottfried verlasse.«

Sie saß lange grübelnd am Fenster und endlich fuhr sie erleichtert aufatmend empor.

»Ja, so geht's, so muß es werdn«, sagte sie zu sich selbst. »Wenn nur der Gottfried käm, daß i ihm's sagn kunnt!« –

Gottfried kam erst am späten Abend in Begleitung eines ältlichen, hageren Mannes, in welchem Itta den böhmischen Federnträger Wenzl Starabin von Kuschwarda erkannte. Er war schon öfters in Burgls Wohnung gewesen und hatte buntbemaltes Glasgeschirr gebracht, mit dem er nebst den Gänsefedern einen flottgehenden Handel trieb. Sein Ruf war indessen nicht der beste. Man sagte ihm nach, daß er ziemlich lange Finger besitze und daß er sich auf das Schmugglerhandwerk mehr verstehe, als auf das Leutebeschwätzen, bei dem er wahrhaftig kein Stümper war.

»Was wird er wohl mit dem Menschen zu schaffen haben?« dachte Itta voll banger Ahnungen, als sie für beide den Tisch deckte.

Gottfried befand sich heute in einer ganz ungewöhnlichen Aufregung. Er nahm Gabel und Messer zur Hand, warf sie aber wieder fort und schritt unruhig in der Stube auf und ab. Itta beachtete er kaum und sprach nur mit dem Böhmen, der sich das Essen trefflich schmecken ließ. Als er sich endlich wieder zum Gehen rüstete, gab ihm der Bursche das Geleit vor die Türe, um sich dort noch etwa eine Viertelstunde lang flüsternd mit ihm zu unterhalten.

»Was hast du denn mit dem Federntrager, Gottfried?« fragte später das Mädchen.

»Nix, was dich angeht«, war seine barsche Antwort.

»Na, soviel i kenn, geht mich hier überhaupt nix mehr an. Am Nachmittag hat mir des die kloa Dirn schon gsagt, und jetzt tuast du's auch. – I hätt ohnehin heut mehr mit dir z'redn, wennst mi anhörn wolltst.«

»I hör schon, red nur zu.«

»Lebt dei Basi, die alt Herrnbäuerin in der Finsterau noch?«

»Ja.«

»Und sie is verwitwet, hat auch koane Kinder?«

»Du woaßt es ja.«

»So schau, daß du s' dir als Haushalterin herbringst, aber bald, – morgn schon.«

Gottfried erschrak und blickte das Mädchen ängstlich an.

»Gehst mir denn davon?« fragte er.

»Na, – aber es schickt sich net, daß i dir d' Hausfrau mach. Die Leut redn allerhand, – kurz, – i mag nimmer. Die kloa Dirn schaff i aus, wenn's dir recht is und i tritt an ihre Stell.«

Er lachte belustigt auf.

»I dank dir recht schön für den Vorschlag«, sagte er, »aber harb dich net, wenn i net eingeh drauf. Des wär a schöne Gschicht! Die alt ghörlos Schachtel mei Haushalterin, du die kloa Dirn, – ha ha ha!«

»Es is mei Ernst«, versetzte Itta. »Wennst dir a Fremde einstelln willst, so hab i ja auch nix dagegn, aber i steh heut 's letzt Mal am Herd.«

»Des tuast net.«

»Ganz gwiß!«

»Du hast wohl an Zorn über mich?«

»An Zorn? – Na. Weh tuat's mir freilich, daß d' nimmer so bist wie früher –.« Hier hielt sie inne, blickte Gottfried an und wurde plötzlich feuerrot. Hastig sprudelte sie dann hervor:

»Aber na, net, wia du moanst, o net so! Des is vorbei, Gottfried, vorbei und vergeßn, nachdem wir ja gsehn habn, daß wir nimmer z'sammenpaßn. Aber es tuat mir weh, daß du Haus und Hof verkemma laßt, – daß du a Lump wirst.«

Er errötete und erblaßte rasch nacheinander. Sein Blick irrte in der Stube umher, als suche er einen Gegenstand, an welchem er den in ihm auflodernden Zorn auslassen konnte. Dann fuhr er sich heftig über die Stirn und sagte:

»Du bist die oanzige, die mi ungstraft an Lumpn hoaßt. Vielleicht kriagst sogar noch amal recht. – Aber wahr ist's, wir paßn net z'samm, drum geh, wenn – wenn Du's übers Herz bringa kannst. – Die kloa Dirn willst machen? Na, des schickt sich net für so a reichs, a saubers Dirndl wia du. Sag mir's, und i fahr morgn zum Bezirksamtmann, der ja noch ledig is. Er wird sich's für an Ehr schätzn, wenn er dich kriagt.«

»Verachtn und verspottn tät er mich wenigstns net so wia du«, entgegnete Itta, mit Mühe die aufquellenden Tränen unterdrückend.

»Wia i? – I spott und veracht dich ja net.«

»Was denn sunst? I hab dir aber noch nia was Unrechts tan.«

Sie weinte nun doch und er fühlte plötzlich etwas wie einen Abscheu vor sich selbst.

»Itta, i moan's net so. Sei net harb, Itta«, sagte er leise.

»Na. Gute Nacht, Gottfried! Und gelt, du fahrst morgn gwiß in d' Finsterau?«

»Ja.«

Sie ging und er stand lange noch am gleichen Fleck. Endlich atmete er tief auf, schüttelte den Kopf und murmelte:

»Es geht nicht, es geht nicht.«

10. Kapitel

Selbstdemütigung söhnt den Glücklichen mit seinen Neidern aus. Und Neider hatte Itta, die glückliche Itta aus dem Elend, der so unverhofft ein Vermögen in den Schoß gefallen war, in Fülle. Mit Genugtuung sah man nun, wie sie das Regiment auf dem Reutbauernhofe der alten, tauben Base überließ, vielleicht gar überlassen mußte und wie sie traurig und still einherging, niedrige Magddienste verrichtend. Aber man wußte die Gründe, die ihr Tun und Denken leiteten. Sie war in Gottfried verliebt und wollte deshalb nicht gänzlich von ihm weichen. Sie bildete sich ein, sein Schutzengel zu sein und den Ruin des Hauses fernhalten zu können, der doch unausbleiblich war.

Gottfried hatte nämlich zu toll gewirtschaftet. Der Schmuggel von österreichischem Zugvieh, den er seit längerer Zeit mit ebenso viel Eifer wie Verwegenheit trieb, vermochte ihn nicht mehr zu retten. Auch waren die Grenzgänger schon aufmerksam geworden auf ihn und er durfte sich deshalb nicht so kühn mehr wagen wie im Anfang. Der Böhm Starabin, der drüben den Einkauf besorgte, hatte sich schon seit Wochen nicht mehr diesseits der Grenze blicken lassen. Man vermutete, daß er mit den Geldern, die ihm der Reutbauer anvertraut hatte, durchgebrannt war.

Dieser vermutete es nicht nur, sondern wußte es sogar ganz bestimmt. Er schwieg davon und setzte das verbotene, in den Augen der Wäldler aber durchaus nicht unehrliche Handwerk fort, mit einer Wildheit und Leidenschaft, die das Schlimmste befürchten ließ. Dabei ergab er sich dem Trunke, vernachlässigte Pflichten und Religion und rechtfertigte so das Urteil der Leute: »Der Reutbauer ist ein ausgemachter Lump« in jeder Hinsicht. War er, was jedoch selten vorkam, mehrere Tage nacheinander zu Hause, dann machte er sich durch sein Benehmen so unausstehlich, daß alles aufatmete, wenn er wieder ging. Selbst die liebende Geduld Ittas vermochte bei den Quälereien, die er ihr fortwährend zufügte, nicht Stand zu halten. Ihr kam es vor, als ob er sie zu hassen begänne, denn sie ahnte ja nicht, daß alles, was er ihr zufügte, der Ausfluß der zornig erregten Gefühle war, die sein Inneres beständig aufwühlten. Sie zog sich mehr und mehr in das Hinterhaus zurück und erschien nur dann, wenn er abwesend war.

Mit Sorge blickte sie der Zukunft entgegen, doch nicht der ihren, sondern der seinen.

Was würde noch aus ihm werden? Was konnte sie tun, ihn zu retten, der mit Riesenschritten seinem Untergang nahte?

Stundenlang lag sie in ihrem Stübchen auf den Knien und betete für ihn, den sie trotz seiner zunehmenden Verkommenheit heißer liebte denn je.

Eines Tages überraschte er sie dabei und brach in lautes Gelächter aus.

»So wirst also auch noch a Betschwester?« höhnte er. »No, es is schon recht; – vergiß aber net, mi in deine Vaterunser einzuschließen, denn mich hat der Teufl schon hint und vorn.«

»Des woaß i nur all'zgut«, war ihre ernste Entgegnung. »Mei Gebet gilt auch dir und koan andern.«

»Ah, – so glaubst, daß mir noch was helfa kunnt?«

»Wenn du wolltst, schon.«

Er schüttelte böse lächelnd den Kopf.

»Na, i glaubs net. Außer – du kriagst für jedn Vaterunser an Taler von dein Schutzengel.«

»Mach's anders, Gottfried, dann kimmt der Segn von selber. Wia du's treibst, kann's ja net ausbleibn, daß d' nacheinander z' Grund gehst.«

»Es is mir schon alles gleich.«

Sie trat an ihn heran.

»Warum denn des? Wer hat dich dazua bracht? Unser Herrgott gwiß net und d' Leut ebensoweng. Was du tuast, das tuast aus dir und für dich alloa.«

»D' Leut ebensoweng«, sagst du. »Und grad die sands, die mi ins Elend bringen.«

»Für an Mann ist's a Schand, wenn er so was sagt.«

»Für mi net. Der verflucht Böhm hat mi ausgschmiert, daß mir d'
Augn wassern, und was is er sunst, als a Leut? Er is oans, wenn's
gleich mei Vater, wär er noch da, net geltn lassen tät.«

Er dachte in diesem Augenblick ebensowenig wie Itta daran, daß
seine letzten Worte auch eine Beleidigung für sie enthielten.

»I bin überhaupt schon grenznlos dumm gwesn, Itta«, sagte er
nach einer Weile wieder. »Mit dem schlechtn Böhm, der mei Verderbn is, han i mich abgebn und dich, die mir beigstandn wär im
Unglück, han i veracht. – Du sagst, i soll's anders machn? – I pro-
bier's, wennst mir hilfst dazua.«

Sie drückte warm seine Hand.

»Soviel's in meinen Kräftn steht, Gottfried. Du woaßt, daß i alles
tua für dich.«

»Wohl weilst mich noch allweil gern hast?« fragte er hastig, mit
ängstlich forschendem Blick.

»Ja.«

»So – vergiß, – verzeih mir und werd mei Weib.«

Er wollte sie umfassen, da wich sie mit einer abwehrenden Bewegung zurück.

»Alles, nur des net! Des ist vorbei!«

Der Ausdruck ihres blassen Gesichts sprach so deutlich von der
Unerschütterlichkeit ihres Entschlusses, daß er nicht mehr dagegen
ankämpfte. Aber ein zorniger Schmerz erfaßte ihn, der ihn für den
Augenblick stumm machte.

»I kann dir ja auch so helfen«, sagte sie zitternd. »Nimm mei
Vermögn, es is ohnehin dei rechtmäßigs Eigentum. Nimm's und
mach dich damit vor allm schuldnfrei.«

»Und des, – des magst mir anbietn? So hör, daß i mich eher der-
schiaßn tät, eh daß i von dir ebbs möcht!«

»Gottfried!«

»I hab dir's gsagt und bin fertig. Laß dir's guat gehn!«

Er stürmte fort und sie bedeckte ihr Antlitz schluchzend mit beiden Händen.

*

In den nächsten Tagen fragten die Bauern, denen Gottfried die Beschaffung der ihnen zur Zeit sehr notwendigen Zugochsen versprochen hatte, vergeblich nach ihm. Niemand wußte mehr zu sagen, als daß er in Feiertagskleidung den Hof verlassen habe, ohne, wie sonst, eine längere Abwesenheit anzukündigen. – Da verbreitete sich plötzlich die Nachricht von einem nächtlichen Zusammenstoß zwischen Grenzjägern und Schmugglern im Dreisesselwald. Letztere waren überwältigt und eingefangen worden bis auf einen, der sich wie ein Löwe gewehrt und endlich die Flucht ergriffen hatte. Daß diese ihn auch rettete, glaubten indessen nur wenige, denn ohne Zweifel würden die dem Gesetz Verfallenen seinen Namen nennen und die Hauptschuld auf ihn abzuwälzen suchen.

Man wartete mit banger Neugier auf den Ausgang der Sache. Die Teilnahme des Wäldlervolkes, das bei solchen Gelegenheiten unverhohlen und öffentlich seinen Freiheitssinn zu äußern pflegt, hatten die Schmuggler für sich. Es gab da nicht einen, der nicht gewünscht hätte, dem Flüchtling forthelfen und ihn auf alle Weise beschützen zu können, gleichviel, ob er ein Bayer oder Böhme.

Über dem Reutbauernhof lag etwas wie Gewitterschwüle. Die Bewohner ahnten das Schlimmste, denn Gottfried kam nicht, um ihre Furcht zu zerstreuen.

Gewiß war er und kein anderer der Entwischte. Wo aber hatte er sich hingewendet und wie mochte es ihm ergehen?

Diese Frage beschäftigte besonders Itta Tag und Nacht. Die qualvolle Angst ihres Herzens steigerte sich von Stunde zu Stunde, und ruhelos wanderte sie umher. Sie durchirrte die nahen Bergwälder, in der Hoffnung, daß er dort ein Versteck gesucht.

Und endlich, – es war auf dem Sölling unweit der alten Fichte, – trat er ihr entgegen. Sein Gesicht war bleich, seine Kleidung zerrissen und beschmutzt und die Stimme klang heiser, mit der er fragte:

»Was tuast denn du da, Itta?«

Sie vermochte nicht mehr zu antworten. Nach Atem ringend stürzte sie zu seinen Füßen nieder und lehnte ihre Wange an seine Knie.

»Du hast mich gsuacht?« fragte er weiter. »Du hast dir gleich denkt, daß i der bin, den d' Grenzer jagn, wie an angschossna Hirschn? Gestern han i so an Grearock übern Sesslstoa in d' Töl nuntergschlagn, daß er gflogn is wia a Geier. I hoff, daß er 's Gnack net brocha hat. – Aber so steh auf, Itta!«

Er beugte sich geängstigt zu ihr nieder und streichelte ihr Haar.

»Hast dich denn so stark grant um mich, du arms Dirndl? – Steh auf!«

Sie erhob sich, um ihm an die Brust zu sinken und laut aufzuweinen.

»O Gottfried, es is gfehlt um dich!« stieß sie endlich hervor.

»Ja, des woaß i wohl«, nickte er. »I muaß ins Zuchthaus, – vielleicht gschieht mir noch mehr, wenn der Wurf auf'n Dreisessel gratn hat. Der Grea kann leicht tot sein. I hab mi nimmer kümmert um ihn und bin davon.«

»Roas nach Amerika«, sagte sie, sich plötzlich aufrichtend.

»Na, des tua i net.«

»O mein Gott, was denn sunst?«

»Heut han i schon allerhand im Sinn ghabt, des i dir net sagn mag. Jetzt is mir a weng leichter, wahrscheinlich deswegn, weilst mi gsuacht hast. I glaub, i geh mit dir hoam.«

»Na, um Gottswilln, na!«

»I – ja, nur auf a kloans Zeitl. I rast a weng, ziag an anders Gwand an und geh wieder. Du woaßt schon, wohin.«

»Auf's Gricht?«

»Auf's Gricht. I laß mi net kettelt furtschleppn, i stell mich selber. – Geh jetzt, Itta.«

Sie stiegen Hand in Hand den Sölling hinab. Gottfried erzählte ihr von dem Kampf mit den Grenzjägern, von seinem Umherirren in den Wäldern und von dem gestrigen Zusammentreffen mit einem seiner Verfolger auf dem Dreisesselstein.

Er hatte ihn nach kurzem Ringen überwältigt und ihn von dem turmartig aufragenden Granitfelsen in die Tiefe geschleudert. Es war möglich, daß der Unglückliche das Genick gebrochen und daß er selbst ein Mörder war. Dieser Gedanke erfüllte seine Seele mit Verzweiflung und machte ihn gegen die Trostworte des Mädchens taub.

Unbemerkt gelangten die beiden in das Haus. Die Dienstboten waren auf dem Feld beschäftigt und Base Herrnbäuerin saß ruhig schlummernd in der Stube am Herd. Itta weckte sie mit der Nachricht, daß Gottfried hier sei, verbot ihr aber zugleich, das mindeste zu sprechen. Er reise sogleich wieder fort, wäre nur gekommen, sich umzukleiden und sich zu stärken.

Als Gottfried später eintrat, trug Itta ein rasch zubereitetes Mahl auf und lud ihn zum Essen ein. Er schüttelte den Kopf, setzte sich aber dennoch an den Tisch zu ihr.

Nach einer langen Pause sagte er gepreßt:

»Wia hättn wir so glücklich sein können, wenn i net so a schlechter Mensch gwesn wär. Jetzt is koa Hoffnung mehr.«

»Wer woaß, ob's gar so arg wird!« versuchte sie ihn zu trösten. »Ein paar Jahr vergehn endlich doch und es kann nachher noch alles guat werdn.«

»Ein paar Jahr! Ja, wenn's nur a paar wärn! – Und es würd trotzdem nix mehr recht. Werd i auch amal frei, so kimm i als a Handwerksbursch, noch schlechter, als a Zuchthäusler zruck.«

»Du hast neamdn was gstohln, Gottfried.«

»Na, aber i werd selber arm. Den Hof, der übrigens über 's Dach verschuldt is, wird's Gricht versteigern.«

Sie fuhr hastig auf.

»Das gschieht mir net, so lang i an Kreuzer hab, so lang i mi rührn kann!« rief sie. »Gib mir alle Vollmachtn, i erhalt'n für dich.«

Noch war der Bursche an dieser Stelle verwundbar und seine Mienen wurden auffallend hart.

»I mag nix von dir, Itta«, sagte er kalt. »Hast du's denn schon wieder vergeßn? Wenn dir der Reutbauernhof ans Herz gwachsn is, dann kauf dir'n für dich selber. Für mich is er verlorn.«

»Des is wieder dei Stolz, Gottfried, der Stolz, der uns schon so unglücklich gmacht hat.«

»I kann mir net helfa.«

»So kauf i 'n halt für mich«, sagte sie traurig.

Er erhob sich und griff nach seinem Hut.

»Jetzt geh i, Itta. Vielleicht sehn wir uns nimmer im Lebn. Und hab dich so gern ghabt. – Bet für mich, du bist ja brav und guat, – pfüat di Gott.«

In seinen dunklen Augen blitzten Tränen. Sie wollte sich mit einem Schmerzensruf an seinen Hals werfen, aber er hielt sie zurück, nickte der alten Herrnbäuerin, die mit offenem Munde dastand, flüchtig zu und verließ dann rasch die Stube.

11. Kapitel

Das Urteil für den Schmuggler Gottfried lautete auf zwei Jahre Zuchthaus und Bezahlung sämtlicher Kosten.

Wie Itta erfuhr, hatte er es aufgenommen, ohne mit einer Wimper zu zucken. Das Bewußtsein, keinen Mord auf dem Gewissen zu haben, indem der von ihm über den Sesselstein geschleuderte Grenzer frisch und gesund als Zeuge bei der Verhandlung gegenwärtig war, mochte ihn gegen alles Unglück gleichgültig gemacht haben.

Und Itta verwaltete den Reutbauernhof. Von dem »Wie« gab die schöne Ordnung in Haus und Feld, der Friede zwischen den Dienstboten und deren Respekt vor ihrer Herrin Zeugnis. Es waren neu eingestellte, tüchtige Kräfte, an deren Spitze ein alter, erfahrener Baumann schaffte, der auch Itta mit Rat und Tat zur Seite stand. Mit seiner Hilfe vollbrachte sie, was die Leute anfangs für unmöglich gehalten hatten: Die Rettung des heruntergekommenen Gutes von der Gant. Daß sie dazu auch ihr eigenes ererbtes Vermögen stark angegriffen hatte, war lange ihr Geheimnis gewesen, schließlich aber auf eine ihr unbekannte Weise offenkundig geworden.

Und wie alles gedieh und aufblühte unter ihrer Hand, begann sie wieder zu hoffen. Sie malte sich das Glück aus, Gottfried einstens auf seinem Erbe herumführen und ihm zeigen zu können, daß ihm nicht nur die Heimat, sondern auch ihr Herz, ihre Liebe geblieben. Was hatte sie dieser nicht schon für Opfer gebracht und welches zu bringen wäre sie nicht noch hundertmal bereit gewesen!

Der freundliche Doktor, den sie um Gottfrieds willen verschmäht, hatte sich ein Weib aus der Fremde geholt. Wenn sie nun sah, welch schönes Los ihr an seiner Seite beschert gewesen wäre, fühlte sie eine traurige Wehmut, kamen ihr Zweifel an dem eigenen, erhofften Glück. Sie mußte sich ja sagen, daß der gebildete, edeldenkende Mann weit mehr zu ihr gepaßt hätte, als der rauhe, wilde Bursche, der sie nie eigentlich verstehen würde.

Ob wohl die Liebe die Kluft zwischen seinem und ihrem Wesen auf die Dauer auszufüllen vermochte?

Diesen Gedanken, der sie oft wie ein unheimliches Gespenst quälte und beunruhigte, brachte sie endlich durch einen Vorsatz zum Schweigen, der ihres treuen, heldenmütigen Herzens würdig war. Sie wollte als Gottfrieds Weib die Itta, wie sie von Natur aus war, aufgeben, wollte sich ihm anpassen, wie es sein Wesen verlangte und sich an seiner Liebe und der Erfüllung ihrer Pflichten genügen lassen. Diese Verleugnung ihrer selbst hatte sie indessen schon seit Jahren unbewußt geübt. Sie, mit ihren reichen Geistesanlagen, würde sonst nicht das in gewöhnlichem Streben und Schaffen aufgehende Mädchen geworden sein, das im Gegensatz zu den Wunderträumen der früheren Jugend seinen klaren Blick nun mehr auf das Wirkliche und Mögliche gerichtet hielt.

Zufrieden sah sie endlich dem Tag entgegen, an dem sich ihr Schicksal erfüllen sollte.

Es kam der Frühling wieder. Die Verwandlung der winterlich toten Erde in ein schönes, lachendes Paradies vollzog sich dieses Jahr ungewöhnlich rasch. Auf den Höhen grünten die Laubwälder, in den Tälern sproßten die Blumen und: »Auswärts, Auswärts!« riefen die frohen Menschen.

»Auswärts« jubelte auch Itta, als sie eines Morgens das Haus verließ, das sie so lange treu behütet, und in das heute der rechtmäßige Herr zurückkehren sollte.

Gottfried hatte ihr vor acht Tagen geschrieben. In der Freude ihres Herzens war sie mit dem Brief zu den Nachbarn geeilt und so wußten es bald alle Leute auf drei Stunden im Umkreis. Die meisten wünschten dem entlassenen Sträfling Glück und Segen zu seiner Heimkehr und gönnten dem Mädchen, das ihn so treu und selbstlos liebte, den endlichen Lohn von Herzen. Einige hingegen ergingen sich in Schmähungen und in schlimmen Prophezeiungen für die Zukunft des Reutbauernhofes. Zu ihnen zählte die Familie des Greiningers von Roßberg und besonders Resie, die noch immer unverheiratet war. Sie hatte Gottfried nicht vergessen, ebensowenig diejenige, die ihn ihr entrissen.

Noch einmal erwog sie, ob es ihr nicht doch noch möglich sein würde, ihn für sich zu erringen. Das Zuchthaus hatte ihn nicht entehrt; die Ursache, die ihn hineingebracht, hob ihn vielmehr in ihren wie in aller Wäldler Augen. Das frühere Lumpentum schadete ihm ebenfalls nichts, er war zu bessern und zu lenken. Die Kraft zu solcher Mission pflegt jedes liebende Weib in sich zu fühlen, und die Gelegenheit, sie zu betätigen, ist immer verlockend.

Resie versuchte auszurechnen, um welche Stunde Gottfried die durch Roßberg führende Landstraße passieren mochte. Doch vorsichtshalber stellte sie sich schon am frühesten Morgen außerhalb der Dorfgärten auf. Nach viertelstundenlangem Warten lief sie heim, um wieder und wieder zu kommen, bis – es war schon am Nachmittag – ein hoher, dunkler Mann die Straße heraufschritt.

Sie schrak zusammen.

War der, mit dem bleichen Gesicht, den langsamen Bewegungen, der fremden schwarzen Kleidung, wirklich der Reutbauer?

Er kam näher und näher; sie trat zurück, tat, als suchte sie irgend etwas im Gras und wandte sich dann doch zu ihm, der vor ihr stehen blieb. Sein düsterer Blick ruhte fragend auf ihr.

»Gottfried!« rief sie laut.

»Ja. Was noch?«

»Grüaß di Gott!«

Er wies mit einem Nicken ihre dargebotene Hand zurück und stützte sich auf seinen Gehstock.

»Grüaß di Gott auch, Resie.«

»Gott sei Dank, daß d' wieder da bist«, sagte sie mit erzwungener Fröhlichkeit.

»So, warum denn? Hast mich leicht irganga?«

»Des wollt i moan! Und du, du bist ja wohl auch froh um d' Freiheit?«

»Versteht sich, – des Hocken is koa Gspaß. – Wia geht's denn sunst allweil?«

»Net schlecht. I hab immer noch net heiratn mögn.«

»Ah, – da derfst nachher schon bald dazuschaun; Resie, es is an der Zeit.«

Sie wollte schier ersticken vor Zorn und Schmerz über seine beleidigende Gleichgültigkeit, doch sie zwang sich zur Ruhe.

»Es wird schon werdn, Gottfried. Du aber, du wirst jetzt wahrscheinlich nix mehr versäumen. Es steht sich halt doch besser um a Haus, wenn Herr und Frau miteinand werken, als nur oans alloa.«

»Glaubst? Die Itta hat mir gschriebn, daß sie grad alloa am bestn ghaust hat. Wär i dabliebn, so käm jetzt vielleicht der Reutbauernhof auf d'Gant.«

Über Resies Gesicht flog ein böses, hämisches Lächeln.

»O mei, die Itta!« rief sie. »Die bildt sich her und gegn auch an Mordshaufa ein und nennt sich dein leibhaftinga Schutzengel. I an ihrer Stell hätt grad so guat tan, was in meine Kräftn gstandn wär, hätt aber's Maul ghaltn dabei und net lang umeinander gschrian.«

»Was?« fragte er auffahrend.

»Daß sie ihr Geld hergnumma und in dein Hof gsteckt hat. Wenn s' doch stad wär davon. Was sie hat, hat sie ja doch nur von enk.«

»Und sie hat nix in mein Hof gsteckt«, sagte Gottfried, sich mühsam beherrschend. »I woaß nix davon.«

»I glaub's schon. Dir sagt s' halt nix, nur andern Leutn. Aber schau net so wild drein, Gottfried, i kann ja nix dafür. Siagst, mei ganz's Vermögn gäb i her für dich und koa Mensch würd was inn davon. Wenn du d' Itta auszahln willst, so kimm zu mir; es brauchts net, daß du der Böhmin was schuldig bist.«

»Und dir auch net! Schaut mich denn schon die ganz Welt für an Bettlmann an?«

»Du verkennst mich mei Lebtag, Gottfried«, sagte sie weinerlich. »Amal hast mich aber gern ghabt. Daß's jetzt nimmer so is, dran is nur die schmeichlerisch, falsch Böhmin schuld.«

Er lachte.

»Merkwürdig, was dir noch so viel an ein'm Zuchthäusler liegt. Oder woaßt vielleicht net, Resie, von wo i herkimm?«

»I woaß's schon. Zwegn dem veracht i di aber net, halt vielmehr alls auf dich. Und i leid's auch net, daß dich wer anderer scheel anschaut.«

»I auch net, des derfst mir glaubn. Dir dank i für den gutn Willn.«

»So magst mi also richti nimmer?« rief sie nun außer sich geratend.

»Na, zwider bist mir grad net. Aber wennst vielleicht andere Gedankn hättst, die müassetst dir leider aus'm Kopf schlagn. Es is koan Ehr für dich, daß du mir heut, wo i zum erstn Mal seit zwoa Jahrn d' Hoamat betritt, 'n Weg verstehst, grad aus dem Grund, daß d' Itta verdächtign kannst. Freilich, wordn is dir nix aus dein Plan.«

»So geh hin, geh hoam zu deiner Böhmin und heirat s'! I wünsch dir Glück dazua!« rief sie wild.

»Dank schön, Resie. Nur koa Feindschaft net zweng dem, gelt? Pfüat di Gott.«

Er ging langsam weiter, während sie an der Wegböschung niedersank und heiße Tränen der Wut und des Schmerzes weinte.

Ein sich nahender Schritt scheuchte sie mehrere Minuten später wieder empor. Hastig wischte sie sich mit der Schürze über das gerötete Gesicht und schaute mit funkelnden Augen nach dem Störer aus. Es war ein nicht mehr junger, kleiner, blonder Bursche, dem man eine übergroße Schüchternheit und Unsicherheit des Charakters sofort ansah. Er grüßte das Mädchen und blieb stehen.

»Ah, du bist es, Lenz!« sagte sie aufatmend. »I hab glaubt, es wär – ein anderer.«

»Der andere is mir da drunt begegnet«, lächelte der Bursche. »Und du, Resie, du siegst grad aus, als wia wennst gwoant hättst.«

Er schnitt zu letzter Bemerkung ein sehr mitleidiges Gesicht.

»Geh, bild dir nix ein. Warum sollt i denn woan? I hab koan Ursach dazua.«

»Des moan i selber«, nickte er eifrig. »Du bist ja reich und geschickt und sauber. Der Reutbauer aber is a Zuchthäusler und an armer Tropf. I möcht net tauschen mit ihm.«

»Glaub's schon, du, mit deiner großn Mühl. Es is nur schad, daß du's Wirtschaftn drauf net verstehst, wia sich's ghört. Du kunnst an andern Grän spieln.«

Eine bescheidene Freude erglänzte in Lenzens blaßblauen Augen.

»An Grän kunt i freilich spieln«, meinte er. »Aber i versteh's net und denk mir, wenn i amal a Müllerin hab, die lernt mir 's schon.«

Resie dachte nach und schmiedete einen Plan.

»So schau dir um oane«, sagte sie endlich mit blitzendem Blick.

»I bin schon lang im Begriff, aber, aber i hab 's Herz net, weil i mir fürcht, i möcht abfahrn.«

»Schäm di, so was z'sagn, Lenz. A Mannsbild muß a Schneid habn, sunst is er nix wert. Und vom Abfahrn kann ja bei so oan, wie du bist, beim Müllerlenz, goar koa Red sein.«

»Glaubst?« fragte er mit freudiger Verwunderung. »So möcht i 's gleich wagn und zu dir sagn: Heirat mich!«

»Mich? O liaba Himmel, an des hätt i net denkt!« heuchelte das Mädchen.

Er knickte zusammen.

»Ja schau, gelt, i hab's ja vonerst gwißt, daß d' mi net magst.« Das klang so vorwurfsvoll und traurig, daß Resie Mitleid empfand und die Sache rasch beendigte.

»I mag dich schon, Lenz«, beschwichtigte sie ihn. »Aber nur unter oaner Bedingung.«

»Ja, ja, ja!« versprach er eilig.

»Daß in vier Wochen Hochzeit is.«

Lenz hatte natürlich nichts einzuwenden und so war der Handel rasch abgeschlossen. Resie ging mit triumphierenden Gefühlen nach Hause und beeilte sich, ihre Verlobung mit dem Müller möglichst bekannt zu machen.

Nun durfte der stolze Zuchthäusler nicht mehr glauben, er wäre für sie der einzige auf der Welt gewesen.

12. Kapitel

Ittas Morgengang war vergeblich gewesen.

Der Tag verfloß ihr in Bangigkeit und Unruhe und gegen Abend trat sie den Weg nach dem Wald unterhalb Roßberg noch einmal an. Vielleicht kam er doch noch, er hatte es ja für gewiß geschrieben.

Am Saum des Gehölzes hielt sie und setzte sich harrend in das Moos. Sie dachte sich aus, wie sie ihn begrüßen und was sie ihm alles sagen wollte.

Es sollte ein schönes Wiedersehen werden.

Sie fühlte schon den innigen Druck seiner Hand, fühlte die Freudentränen über ihre Wangen fließen und hörte ihn sprechen: »Itta, jetzt is alles, alles überstandn, jetzt wolln wir glücklich sein.«

Ja glücklich, immer glücklich, sie hatte es so reichlich verdient.

Umrauscht von den hohen Tannen und Fichten, umjubelt von tausend Vogelstimmen in Wipfeln und Büschen, träumte, durchlebte sie eine schöne Zukunft, immer vereint mit ihm. Und mitten in ihren Traum drängte sich plötzlich ein ernster, schwarzgekleideter Mann, der sie eigentlich und seltsam anblickte, ohne ein Wort zu sagen. Es war ihr, als erhebe er stummen Einspruch gegen ihr Glück, als wollte er es mit dem ersten Laut, der seinen festgeschlossenen Lippen entfahren würde, vernichten.

»Na, tua's net!« rief sie aufspringend. – »Gottfried!«

»Was hast denn, Itta?« fragte er verwundert. »Grüaß di Gott!« –

Das war das Wiedersehen nach zweijähriger Trennung. Es hatte so wenig Ähnlichkeit mit jenem, das sich vor ihrem Geiste abgespielt.

Nun, meistens pflegt es ja so zu sein, daß man sich von etwas zu Erwartendem blaue Wunder verspricht, um dann, wenn es da ist, recht bitter enttäuscht sein zu können.

Itta war so verwirrt, daß sie nicht ein einziges der vorhin ausgedachten Worte mehr fand; stumm stand sie ihm gegenüber.

»Du bist mir entgegn gangen?« fragte Gottfried. »Na, so komm, wir wolln miteinander Einzug haltn.«

Er faßte ihre Hand und blickte sie lange an.

»Schöner bist wordn«, sagte er dann. »Schöner und noch stader als wia früher. Warum redst denn nix mit mir?«

»So viel hätt i gwißt, Gottfried, o so viel, und jetzt is mir alles abgfalln. Ich woaß nix mehr.«

»I schon. Zum erstn laß dir danken dafür, daß d' mir d' Hoamat derhaltn hast, daß d' mir so treu gwesn bist. Zum zwoatn, sag du mir, ob's wahr is, daß – daß d' dei Geld für mich verwendt hast?«

Sie schüttelte erblassend den Kopf.

»Na, des is net wahr.«

»Es muaß aber doch so sein, sunst kunntn 's d' Leut net wißn.«

»I hab's koan Menschn gsagt.«

»Dann habn sie 's halt derratn. – Na, du brauchst dich deswegn net z'schrecka, es is ja recht und i dank dir auch dafür. Hoffentlich bring i 's bald so weit, daß i dir alles mit Zinsn zruckzahln kann.«

Er entwickelte ihr nun, während sie langsam talwärts schritten, seine Pläne für die Zukunft. Sie waren gut und schön und gaben Zeugnis von der Verwandlung, die sich mit seinem inneren Menschen vollzogen. Er war ein anderer, besserer geworden, hatte alle Wildheit und allen Leichtsinn abgestreift. Die schlimmen Prophezeiungen für den Reutbauernhof hatten ihre Begründung verloren.

Itta lauschte und lauschte und vernahm aus allen seinen Reden nur das eine: Er will dich nicht, er liebt dich nicht mehr.

*

Die Dienstboten traten nacheinander in die blank aussehende, vom Abendrot durchflutete Stube und begrüßten den heimgekehrten Bauern. Auch die taube Herrnbäuerin, die schon seit langem als unbrauchbares Möbel im Hinterhause saß, erschien. Sie plapperte viel von Itta und ihrem unermüdlichen Fleiß, von dem Baumann, der ein so tüchtiger Arbeiter sei und ihr im Vertrauen mitgeteilt habe, daß Itta ihr halbes Vermögen für den Hof verwendet. Itta wolle es zwar leugnen, aber es täte nicht not, daß dergleichen edle Taten verschwiegen blieben.

Der Baumann war sehr verlegen und hütete sich ängstlich, dem zornsprühenden Blick des Mädchens zu begegnen, das im Hintergrund der Stube stand.

Gottfried bemerkte ihn wohl und ein verständnisvolles Lächeln glitt über seine Lippen.

Eine Stunde später, als sich die Leute entfernt hatten, trat Itta zu ihm und fragte, was sie nun tun solle.

»Dableibn natürlich«, war seine Antwort.

»Des kann i jetzt nimmer, der boshaftn Zungen wegen. Es is wahrscheinlich des Richtigste, i schau mir irgendwo um an Deanst. Du mußt halt nachher heiratn.«

»Willst denn du dein Lebtag ledig bleibn?« fragte er möglichst ruhig, während doch sein Gesicht eine dunkle Röte überflog.

»Ja« antwortete sie.

»Du bist aber so sauber und reich. Hundert wärn froh um dich!«

»I mag koan, Gottfried.«

»Und an Zuchthäusler, an Lumpn, oan, der dir nia Guats, oft gnuag aber Schlechts tan hat, an solchen wohl am allerwenigstn?«

Er war aufgestanden und sah ihr nun mit einem brennenden Blick in die feuchten Augen.

»Wenn er mich gern hätt, dann schon.« Schwere Tränen rollten bei diesem Geständnis über ihre Wangen.

»Is des wahr, Itta? Trotz allem? I bin 's kaum wert. Aber i, – unser Herrgott hört's, Itta, – i versuach's, ob i deiner noch wert werdn kann. Du bist ja mei Schutzengel, mei Glück und mei Seligkeit!«

Drei Wochen später zogen Gottfried und Itta als Mann und Weib im Reutbauernhof ein.

Unter den vielen Nachbarn und Freunden, die am Hochzeitsfest teilnahmen, befand sich nicht ein einziger mehr, der nicht aus vollem Herzen in die allgemeinen Glückwünsche eingestimmt und der an ihrer Erfüllung gezweifelt hätte. Gottfried war ja ein ernster, tüchtiger Mann geworden und in Itta hatte man längst schon das seltene, aller Achtung und Liebe würdige Wesen erkannt, als das sie nun gepriesen wurde. Man hatte nur auf den gewartet, der den Mut besaß, das erste Hoch auf das Mädchen aus dem Elend anzustimmen.

Sie wurden so glücklich, wie Itta es an jenem Abend erträumt. Freilich kamen auch wieder trübe Stunden und Tage, – die Erde ist ja kein Paradies und trägt nichts Vollkommenes –, aber sie gingen ihnen leichter vorüber, als andern. Itta setzte ihre Selbstverleugnung mit gleichem Erfolg fort wie Gottfried seine Bemühungen, das nicht gewöhnliche Wesen seines Weibes recht verstehen und schätzen zu lernen.

Und wie sich jetzt frische, fröhliche Kinder um sie herumdrängen und trachten, Vater und Mutter möglichst ähnlich zu werden, da ist er doch der glücklichste Mann der Welt. Wundern sich die Nachbarn über den Frieden in seinem Hause, über den Segen auf seinen Feldern, fragen sie ihn, woher gerade ihm alles Gute so reichlich komme, dann antwortet er mit einem warmen Blick auf die noch immer schöne Reutbäuerin: »Aus dem Elend.«

Über tredition

Eigenes Buch veröffentlichen

tredition wurde 2006 in Hamburg gegründet und hat seither mehrere tausend Buchtitel veröffentlicht. Autoren veröffentlichen in wenigen leichten Schritten gedruckte Bücher, e-Books und audio-Books. tredition hat das Ziel, die beste und fairste Veröffentlichungsmöglichkeit für Autoren zu bieten.

tredition wurde mit der Erkenntnis gegründet, dass nur etwa jedes 200. bei Verlagen eingereichte Manuskript veröffentlicht wird. Dabei hat jedes Buch seinen Markt, also seine Leser. tredition sorgt dafür, dass für jedes Buch die Leserschaft auch erreicht wird.

Im einzigartigen Literatur-Netzwerk von tredition bieten zahlreiche Literatur-Partner (das sind Lektoren, Übersetzer, Hörbuchsprecher und Illustratoren) ihre Dienstleistung an, um Manuskripte zu verbessern oder die Vielfalt zu erhöhen. Autoren vereinbaren direkt mit den Literatur-Partnern die Konditionen ihrer Zusammenarbeit und partizipieren gemeinsam am Erfolg des Buches.

Das gesamte Verlagsprogramm von tredition ist bei allen stationären Buchhandlungen und Online-Buchhändlern wie z. B. Amazon erhältlich. e-Books stehen bei den führenden Online-Portalen (z. B. iBookstore von Apple oder Kindle von Amazon) zum Verkauf.

Einfach leicht ein Buch veröffentlichen: **www.tredition.de**

Eigene Buchreihe oder eigenen Verlag gründen

Seit 2009 bietet tredition sein Verlagskonzept auch als sogenanntes "White-Label" an. Das bedeutet, dass andere Unternehmen, Institutionen und Personen risikofrei und unkompliziert selbst zum Herausgeber von Büchern und Buchreihen unter eigener Marke werden können. tredition übernimmt dabei das komplette Herstellungs- und Distributionsrisiko.

Zahlreiche Zeitschriften-, Zeitungs- und Buchverlage, Universitäten, Forschungseinrichtungen u.v.m. nutzen diese Dienstleistung von tredition, um unter eigener Marke ohne Risiko Bücher zu verlegen.

Alle Informationen im Internet: **www.tredition.de/fuer-verlage**

tredition wurde mit mehreren Innovationspreisen ausgezeichnet, u. a. mit dem Webfuture Award und dem Innovationspreis der Buch Digitale.

tredition ist Mitglied im Börsenverein des Deutschen Buchhandels.

Dieses Werk elektronisch lesen

Dieses Werk ist Teil der Gutenberg-DE Edition DVD. Diese enthält das komplette Archiv des Projekt Gutenberg-DE. Die DVD ist im Internet erhältlich auf **http://gutenbergshop.abc.de**